Diogenes Taschenbuch 23245

de
te
be

Hartmut Lange

Schnitzlers Würgeengel

Vier Novellen

Diogenes

Die Erstausgabe
erschien 1995 im Diogenes Verlag
Umschlagillustration:
Camille Bombois,
›Bois de Vincennes‹, 1928
(Ausschnitt)

*Ich bedanke mich für die
Mitarbeit meiner Frau*

Veröffentlicht als Diogenes Taschenbuch, 2000

www.diogenes.ch
30/00/8/1
ISBN 3 257 23245 4

»In der Unheimlichkeit steht das Dasein ursprünglich mit sich selbst zusammen.«

Heidegger

Inhalt

Herr Semmering

I

›Was für eine schöne Birkenallee‹, dachte Herr Semmering, wußte natürlich, daß es immer der gleiche Anblick war, der ihn beschäftigte, wenn er die mit gestapeltem Holz umstellte Wegkreuzung passierte. Die zum Meter geschlagenen Buchen und Eichen, auch wilde Kirsche war darunter, hatten Schimmel und Nässeschwämme angesetzt. Die Enden der Stapel, mit abgebrochenem Astwerk gesichert, begannen sich zu lösen, so daß einzelne Stämme abrutschten und faulend und wie sinnlos auf dem Waldboden herumlagen.

›Wer kauft heute noch Brennholz‹, dachte Herr Semmering, sah den Waldarbeitern zu, die mit Motorsägen hantierten. Minutenlang stand er da, obwohl sich niemand um ihn kümmerte, und auch seine gelegentlichen Zurufe, die wohl als Gruß gemeint waren, blieben unbeantwortet. Herr Semmering fand dies in Ordnung, wie ihm überhaupt das Gefühl, auf sich selbst verwiesen zu sein, eine gewisse Genugtuung gab. Ihm war wohl dabei, wenn er mit seinem leichten Mantel, ohne Schal und mit Schuhen, deren Ledersohlen feucht waren, wenn er, nahe daran zu frösteln und mutterseelenallein, die ihm allzubekannten Areale abschritt.

Die Gegend um den Großen Stern war überschaubar, weiter nach Westen zu war die Landschaft aufgeworfen. Überall Vertiefungen, riesige, uralte Eichen erhoben sich inmitten von struppigem Unterholz, das man nirgends weggeräumt hatte, und wo die Vertiefungen Grundwasser faßten, waren flache, kreisrunde Tümpel entstanden. Aber Herr Semmering ging auch hier, wenn er, was selten genug vorkam, mit dem Bus bis zur Havelchaussee fuhr, er ging auch hier, wie am Großen Stern, immer dieselben Wege. Zuerst bog er, wenn er die Saubucht, so hieß ein kleiner Tümpel, erreicht hatte, nach links ab, ging mehrere hundert Meter auf das Teufelsfenn zu, das er nicht erreichen wollte, vielmehr folgte er dem Teltower Weg, und plötzlich war alles unverstellt und frei, es war, als würde man aus der hügeligen Landschaft in ein flachgehaltenes, steppenartiges Rechteck treten. Es war das Jagen 90, drei, vier Hektar groß. Hier blieb Herr Semmering eines Tages stehen und sah, daß in der Parzelle, die man in der Mitte abgetrennt und umzäunt hatte, ein Mann beschäftigt war. Der Fremde stieg über umgehackte Akazien hinweg, verschwand hinter Haselnußsträuchern, um gebückt wieder daraus hervorzukommen, und dieses ständige Bücken und Herumsuchen auf der Erde, als müsse er die Stellen, die er eben erst überprüft hatte, nochmals mit den Händen abtasten, dies geschäftige Auf und Ab und immer im selben Viereck herum und ohne daß Herr Semmering aus der Entfernung, es waren gute hundert Meter, einen Sinn darin hätte entdecken können, dies alles gab ihm das Gefühl, es wäre ratsam, die Parzelle, die er sonst umschritten hatte, zu meiden.

Er kehrte um, ging einen Reitpfad entlang, der auf den Teltower Weg zurückführte, und er mußte, da er die Orientierung verloren hatte, einen der weißangestrichenen Steine studieren, die als Wegweiser aufgestellt worden waren. Kleine schwarze Pfeile machten Ziel und Entfernung kenntlich, aber nirgends sah Herr Semmering einen Hinweis auf die Havelchaussee. Er ahnte die Richtung, und da er sie nicht verlieren wollte, ging er, wo kein Weg war, waldeinwärts durchs Unterholz, mußte mehrmals durch Senken hindurch.

2

Herr Semmering war Richter am Berliner Landgericht, und die vier Treppen zu seiner Wohnung machten ihm allmählich Mühe. Nach dem dritten Stock, auf dem Treppenabsatz, der ohne Türen war, stand er regelmäßig da und versuchte durchzuatmen. Auch die Regellosigkeit seiner Herzschläge machte ihm zu schaffen, obwohl die Ärzte versichert hatten, daß dies harmlos und in seinem Alter normal sei.

›Normal‹, dachte Herr Semmering. ›Ja, was erwartet mich, wenn ich diese Treppen hier nicht mehr überwinden kann.‹

In seiner Wohnung fühlte er sich immer noch wohl. Er hatte einige Erbstücke untergebracht: Eine Truhe, die mit Eisenbändern beschlagen war, eine Vitrine aus dem Biedermeier, und das ansehnlichste Stück war ein barocker Eßtisch, den er in seinem Arbeitszimmer aufgestellt hatte. Nebenan, durch den Flur getrennt, lag die Küche, deren eiserne Tür zur Dienstbotentreppe weiß übermalt worden war. Der Flur war schmal und mit Linoleum belegt, in dem sich Tag und Nacht das Licht einer schwachen Lampe spiegelte. Er führte ins Berliner Zimmer, halb Eßraum, halb Bibliothek, und von hier aus betrat man den

Raum mit der Loggia. Vierundneunzig Quadratmeter oder mehr, Herr Semmering wußte es nicht genau, vierundneunzig Quadratmeter hinter gesicherten Wänden, dies war die Wohnung, die er vor achtundzwanzig Jahren bezogen hatte.

›Es riecht irgendwie‹, dachte Herr Semmering eines Tages, nachdem er sich rasiert hatte. Er ging in die Küche. ›Vielleicht ist es der Thymian‹, dachte er, nahm die Töpfe vom Fensterbrett, warf sie in den Mülleimer.

Da er die Haushälterin nicht erreichen konnte, beschloß er, die Wohnung zu wischen, begann mit dem Flur, zögerte. Mehrmals ging er in die Knie, er schien etwas zu überprüfen. Es dauerte eine Weile, und irgendwann krempelte er die Ärmel hoch und fing an, das Linoleum von einer Ecke her aufzureißen. Der Holzboden wurde sichtbar. Er wirkte schimmelig und klebrig, auch war in der Mitte, wohl durch die starke Abnutzung, so etwas wie eine Spur entstanden.

›Kein Wunder, daß es riecht‹, dachte Herr Semmering, schob das Linoleum in die alte Lage zurück, versuchte, mit den Schuhspitzen die Bruchstellen, die entstanden waren, zu glätten.

Zwei Tage später hatte man das Linoleum entfernt, ein Dekorateur war damit beschäftigt, den Flur mit einem Teppich auszulegen. Herr Semmering hatte ihn in einem Kaufhaus selber ausgesucht, und er hatte, um das Düstere des Flurs zu mildern, eine zweite Lampe gekauft. Geduldig wartete er, bis der Teppich zurechtgeschnitten und eingepaßt war. Er bestand darauf, daß die Kanten sorgfältig verklebt wurden, und nachdem er den Dekorateur bezahlt und verabschiedet hatte, stieg er auf einen Küchenstuhl, um die neue Lampe anzubringen. Am Abend war alles erledigt. Der Flur bekam ausreichend Licht, wirkte durch den Teppich breiter.

3

Dies geschah wenige Wochen vor seiner Pensionierung, dann war Herr Semmering mit anderen Dingen beschäftigt. Er hatte nun genügend Zeit, studierte Prospekte, die er sich stapelweise aus mehreren Reisebüros zusammengetragen hatte, und es war klar, daß er den Flug nach Ostindien oder China immer noch wünschte. Er wußte nur nicht, ob er vorher das Angebot zu einer Studienreise nach Südamerika zu den Ausgrabungen der Maya wahrnehmen sollte. Zuletzt entschied er sich, es kam ihm vernünftiger vor, erst einmal für einen längeren Urlaub auf einer griechischen Insel.

›Urlaub‹, dachte er. ›Ja, warum nicht. Soetwas habe ich mir früher nie gegönnt.‹

Er ließ sich beraten, wollte wissen, ob er für den Herbst oder für das Frühjahr buchen sollte. Die Augusthitze, das wußte er, würde er schlecht vertragen. Er hatte immer mehr Mühe mit dem Kreislauf, bedauerte, daß die Hausverwaltung sich weigerte, einen Fahrstuhl bis in den obersten Stock einzurichten.

Drei Wochen später, es war Anfang Mai, holte er sich das Ticket ab. Was er einzupacken hatte, war rasch erledigt: Ein paar Hemden, Unterwäsche, der Bademantel, der Beutel mit den Waschutensilien, dazu ein paar Zeitschriften und Bücher, dies alles verstaute er in einem handlichen Koffer, den er mit seinem Namen und seiner Adresse versehen hatte. Er schrieb einen Zettel an die Haushälterin, bat sie, die Bonsai im Fenster nicht zu vergessen. Er legte ein paar Geldscheine hin, dazu den Schlüssel für den Briefkasten. Sie solle sich keine Sorgen machen, schrieb er, er wäre in fünf Wochen braungebrannt wieder zurück.

In der Nacht vor der Abreise hatte Herr Semmering einen guten Schlaf, und nach dem Frühstück überprüfte er noch, indem er auf die Loggia hinaustrat, ob es nötig sein würde, den Übergangsmantel mitzunehmen. Während er rauchte, sah er auf die Uhr. In zehn Minuten würde er ein Taxi rufen müssen, denn für den Bus oder die U-Bahn zum Flughafen war es zu spät. Nach der zweiten Zigarette ging er endlich zum Koffer, bückte sich, aber statt nach dem Griff zu fassen, zog er in dem Schreibtisch, vor dem der Koffer stand, das unterste Schubfach auf und durchwühlte eilig und als sei ihm etwas Wichtiges eingefallen, einen Packen mit Papieren. Er fand zunächst nicht, was er suchte, zog schließlich einen Prospekt hervor, in dem auf bunten Bildern für ein Seniorenheim geworben wurde.

Für ein Seniorenheim? Ja, was wollte Herr Semmering, der auf dem Weg in den Urlaub war und der Mühe haben würde, noch rechtzeitig seinen Flug nach Athen zu erreichen, was wollte Herr Semmering mit solch einem Prospekt anfangen.

Er warf die Papiere in die Schublade zurück, und am Nachmittag sah man ihn, wie er die Handjerystraße im Bezirk Friedenau entlangging. Er betrachtete die hohen Kastanien, die den Bürgersteig beinahe unpassierbar machten, und es gefiel ihm, mit den Fingern die schmiedeeisernen Stäbe eines Zauns zu berühren. »Haus Wernicke e.V.«, las er auf einem Messingschild. Er überprüfte, wie um sich zu beruhigen, die Quittung, die man ihm im Reisebüro ausgehändigt hatte, jene Quittung mit dem Vermerk »Storniert«. Sicher, die Absage hatte ihn einiges gekostet, aber es war erledigt. Er ging zum Hauseingang, drückte mehrmals auf den Klingelknopf, und als man ihm, es dauerte Minuten, endlich öffnete, hörte er Akkordeonmusik. Es war eine rasche, fast klirrende Tonfolge, die wohl einen Walzer andeuten sollte, sie kam aus einem der hinteren Zimmer, und jener, der ihm die Tür geöffnet hatte, wiegte sich in den Hüften, so kam es Herrn Semmering jedenfalls vor.

»Kommen Sie näher«, sagte er gutgelaunt, und obwohl Herr Semmering nicht angemeldet war, wies er mit der rechten Hand, bevor er wieder verschwand, auf eine Glasveranda.

Herr Semmering betrachtete die großen Zimmerpflanzen, die allzudicht gegen das Glas gerückt waren, und er überlegte, ob dieser Raum, der eher wie ein Gewächshaus wirkte, in dem es aber einen Schreibtisch und einen Aktenschrank gab, ob dieser feuchtwarme, mit grauen Fliesen ausgelegte Vorbau als Büro hätte gelten können. Eine Viertelstunde später saß er dem Direktor gegenüber.

»Sie wollen sich einen Alterssitz reservieren lassen«, sagte der überaus verbindlich wirkende

Mann. »Leider sind wir überfüllt. Es wäre aber vernünftig, sich jetzt schon, sagen wir fünf Jahre im voraus, einzukaufen.«

Herr Semmering nahm ein Formular entgegen, in dem er sich zu einer Anzahlung verpflichten sollte, und der Direktor bat ihn, mit in die hinteren Räume zu kommen, um sich zu überzeugen, wie angenehm, ja ausgelassen man sich hier, obwohl im fortgeschrittenen Alter, amüsierte.

»Wir haben einen kleinen Tanztee organisiert«, sagte er, und Herr Semmering wunderte sich, daß er, während sie einen langgestreckten Korridor passierten, immer nur die schleppenden Bässe des Akkordeons hörte. ›Wenn da jemand tanzt‹, dachte er, ›müßte es noch andere Geräusche geben‹, und als der Direktor einen schweren Vorhang, den sie erreicht hatten, zur Seite schob, bot sich ihm ein merkwürdiger Anblick.

Mehrere Räume, die aneinandergrenzten und deren Türen man ausgehängt hatte, waren in ein gleißendes Licht getaucht. Herr Semmering sah den Akkordeonspieler, der in dem mittleren Raum auf der Tanzfläche, die man freigemacht hatte, neben einem Hocker stand. Um ihn herum, so daß er halb verdeckt wurde, bewegten sich ältere Paare, darunter Gebrechliche, die offenbar den Rhythmus nicht mehr halten konnten. Aber dies war es nicht, was Herrn Semmering berührte. Es waren die aufmunternden, beinahe heftigen Bewegungen, mit denen der Akkordeonspieler das Instrument regelmäßig nach oben riß, wobei er mit den Knien wippte, und daß die anderen, die durch sein Temperament und durch seine gute Laune offenbar animiert waren, sich trotzdem still verhielten. Und wie bemüht, aber im Letzten ohne Ehrgeiz sie ihre Schritte setzten! Und wie unerlöst jene Spannung zwischen dem aufreizenden Spiel und ihrem zustimmenden Lächeln, wenn jener, der neben dem Hocker stand, wieder einmal mit dem Daumen über die Tastatur hinwegfuhr.

4

Soll man es glauben? Ein Rottweiler hatte die Kinder der jungen Frau Förster angefallen, jene schmalgesichtigen, semmelblonden Kinder, die immer Hand in Hand unterwegs waren, und sie hatten, wie die Mutter, mit aufgerissenen Augen, den Kopf erhoben, den Rücken gegen die Wand gepreßt, wie zu Tode erschrocken dagestanden. Herr Semmering, der zufällig auf der Treppe war, hatte es gesehen. Sicher, angefallen war übertrieben. Der Hund war, die Leine hinter sich herschleifend und auf der Suche nach seinem Herrn und weil ihn dies verwirrt hatte, an den Kindern bellend hochgesprungen, wobei er den Kleinsten um Kopfeslänge überragte.

Der Vorfall war rasch überwunden. Irgendjemand pfiff das Tier an seine Seite, Herr Semmering nahm der Frau Förster die Einkaufsnetze ab, so daß sie sich um die Kinder kümmern konnte, und er war auch bereit, da sie ihm die Schlüssel hinhielt, die Tür zu ihrer Wohnung aufzuschließen. Minuten später saß sie am Küchentisch und die Haare fielen ihr, obwohl sie mit dem Handrücken darüber hinfuhr, in ungeordneten Strähnen in die Stirn zurück. Die Kinder waren abseits, sahen über die Stuhllehne hinweg auf den fremden Nachbarn. Sie waren überaus blaß. ›Beinahe anämisch‹, dachte Herr Semmering, und er versuchte sich zu erinnern, ob er den Vater schon einmal gegrüßt hatte, und ob es jener bärtige Mann war, dem das Fahrrad auf dem Hof gehörte. Die Küche, das übersah Herr Semmering sofort, war auf sympathische Weise vollgestellt: überall Kisten mit Spielzeug, dazwischen ein Schaukelstuhl und irgendwelche Steifftierchen, die Fenster waren mit Abziehbildern beklebt und auf dem Tisch standen große rote Henkeltassen.

›Sie hat ihren Schrecken überwunden‹, dachte

Herr Semmering, ließ das Schweigen auf sich einwirken, und da sie nun lächelte und er verhindern wollte, daß sie sich, ja wofür, nochmals bedankte, ging er, ohne ein Wort der Erklärung, ins Treppenhaus zurück. Er bemerkte, wie behutsam sie die Wohnungstür, die er einen Spalt breit offengelassen hatte, in seinem Rücken schloß, und er bedauerte, daß die Begegnung damit zu Ende war.

›Eine Schande‹, dachte er, ›daß wir nicht wissen, mit wem wir Tür an Tür wohnen.‹

5

»Es ist gut so«, murmelte Herr Semmering, während er das Formular, das man ihm in Friedenau ausgehändigt hatte, unterschrieb. Er füllte die Bankanweisung aus, damit auch die Anzahlung erledigt war. »Es ist gut so«, wiederholte er, als er die Briefumschläge in den Postkasten warf. Er hatte sich nun mit einem Teil seiner Ersparnisse, wie er glaubte, die Zukunft gesichert. ›Die Zukunft‹, dachte Herr Semmering und schlug, als könne er damit seinem Entschluß Nachdruck verleihen, mit der flachen Hand gegen den gelben Stahlkasten.

Er wollte etwas unternehmen, wollte sein Leben

nicht dem täglichen Einerlei überlassen, und so sah man ihn, wie er, gegen das schlechte Wetter abgesichert, mit einem Dampfer auf der Havel unterwegs war, oder man sah ihn in der Bibliothek, wo er sich Stapel von Folianten bestellte, um irgendwelche Rechtsfragen, die ihn früher einmal beschäftigt hatten, nochmals zu überprüfen.

Es ist keineswegs so, meinte er, daß wir in der Eile immer das Richtige herausgefunden haben, und er notierte, was er jetzt darüber dachte, was aber längst erledigt und ohne Belang war, auf irgendwelche Zettel, die er zu Hause sorgfältig abheftete.

An der Ecke zur Fasanenstraße gab es eine Druckerei. Eine uralte, angerostete Boston war im Schaufenster ausgestellt, dazu Kärtchen als Muster in verschiedenen Größen. Es waren Heiratsanzeigen, irgendwelche Glückwünsche und dazwischen, dies war Herrn Semmering sofort aufgefallen, hatte man Fotos mit Berliner Ansichten aus der Jahrhundertwende auf eine Papptafel geklebt. Die Ränder der Fotos waren verstaubt, und die Sonne, die für ein, zwei Stunden am Tag darauf schien, hatte die Pappe leicht gewellt, und jenes Foto halb rechts, das hochformatig und größer als alle anderen war, wirkte, wenn man länger und genauer hinsah, auf merkwürdige

Weise gegenwärtig. Man sah das Berliner Schloß, die Brücke über die Spree mit den Schadowschen Figuren auf dem Geländer, im Vordergrund zwei Pferdedroschken. Ein Junge mit einem Strohhut hielt die rechte Hand erhoben, und Herr Semmering sah immer nur auf eben diesen Hut und auf die Knie des Jungen, die in der Bewegung seines Schrittes ungleich angewinkelt waren: Das vordere Knie war im Begriff, sich stärker zu beugen, das hintere war noch nicht ganz gestreckt.

Die Fotos waren seit Jahren unberührt geblieben, was Herr Semmering eigenartig fand, wußte er doch, daß der Optiker in seinem Haus, daß überhaupt jeder Laden, der etwas auf sich hielt, alle vierzehn Tage die Dekoration auswechselte. Minuten später sah man, wie Herr Semmering mit einem jungen Mann diskutierte, der es offenbar ablehnte, in dem Schaufenster etwas zu verändern. Immer wieder schüttelte er, wenn Herr Semmering auf das Foto wies, mit dem Kopf. Dies überfallartige, irgendwie peinliche Insistieren dauerte eine Weile, dann hatte Herr Semmering erreicht, was er wollte. Er legte einen Zwanzig-Mark-Schein auf den Tresen, schob das Foto, nachdem er den Staub entfernt hatte, in die Manteltasche.

Im Treppenhaus kam ihm Frau Förster entgegen.

»Sehen Sie«, sagte er und hatte das Foto wieder in der Hand. »Eine wunderbare Aufnahme von einer Gegend, die es nicht mehr gibt. Ich sammle solche Bilder. Mache gelegentlich selbst welche. Wenn Sie Lust haben, fotografiere ich Sie mit ihren Kindern.« Dann, nach einem flüchtigen Blick, den Frau Förster ihm zuwarf, und nachdem er vermuten durfte, daß sie sich für sein Angebot nicht sonderlich interessierte, lächelte er liebenswürdig, und er sah ihr nach, wie sie, zwei leere Einkaufstaschen am linken Arm, zögernd die Stufen hinunterging.

6

Eines Morgens, Herr Semmering war spät aufgestanden, hatte gerade das Frühstück beendet, wollte Teller und Tasse in die Küche bringen, eines Morgens klingelte es an der Tür, und als Herr Semmering öffnete, stand Frau Förster, die Kinder an der Hand, mit einem Ausdruck von Verlegenheit vor ihm. Sie sprach kein Wort, tat aber, als wären sie verabredet, und es dauerte eine Weile, ehe Herrn Semmering einfiel, daß er sie, es war vierzehn Tage her, aufgefordert hatte, zu ihm zu kommen.

»Schön, daß Sie da sind«, sagte er, bat sie, auf dem Sofa Platz zu nehmen, ging rasch, als müsse er ein Versäumnis nachholen, in den Flur, schleppte eine Leiter herbei, die bis zum Hängeboden reichte. Man hörte ihn hantieren, bis er schließlich, eine Kamera und ein Stativ unterm Arm, wieder ins Zimmer trat.

»Am besten, Sie rücken mehr nach links, in Richtung auf das Fenster hin«, sagte er, »und nehmen Sie die Kinder auf die andere Seite.«

Er stellte das Stativ auf, öffnete die Kamera, suchte, das Ganze wirkte überaus sachlich, nach einem Film, den er aus einer Schublade nahm, und nachdem er ihn ausgewickelt und eingespannt hatte, setzte er die Kamera aufs Stativ.

»So«, sagte er, drückte auf den Auslöser. »Jetzt seid ihr für alle Ewigkeit eingefangen. Wie Fliegen in einem Bernstein.« Und er lachte.

Frau Förster und die Kinder, die nicht recht verstanden, was er mit seiner Bemerkung meinte, hielten sich, indem sie in die Kamera sahen, weiterhin unbeweglich. Zwei-, dreimal noch hörte man es klicken, dann war die Sache erledigt, und Herr Semmering versicherte, daß man die Abzüge, falls alles gelungen war, in einer Woche würde sehen können.

Er räumte das Stativ weg, Frau Förster blieb auf

dem Sofa sitzen, die Kinder hatten sich entfernt. Man hörte, wie sie in der offenen Wohnungstür mit der Klappe am Briefschlitz spielten. Auch schienen sie sich im Treppenhaus zu entfernen, um nach kurzer Zeit zurückzukommen, aber nie tauchten sie in der Nähe der Mutter auf. Herr Semmering bereute, daß er so unverbindlich, ja beschäftigt gewesen war und daß er bis jetzt kein persönliches Wort an sie gerichtet hatte. Und woher wußte er, daß sie nur gekommen war, um sich fotografieren zu lassen? Er sah, daß sie kleine, perlenartige Ohrringe trug, die von den Haaren halb verdeckt wurden, und sie wirkte unruhig, vielleicht, weil sie auf die Kinder achtete und wünschte, sie würden sich endlich zeigen. Ob sie nach den paar Worten, die er mit ihr gewechselt hatte, ob sie, nachdem sie sich für seine Mühe bedankt und er ihr versichert hatte, daß alles gern geschehen sei, ob sie aufstehen wollte, um sich zu verabschieden, dies war durchaus nicht sicher, denn nun hatte er schon den Karton in der Hand, jenen Schuhkarton, den er hinter dem Bücherregal hervorgezogen hatte.

Als die Kinder, die vom Toben im Treppenhaus müde geworden waren, ins Wohnzimmer des Herrn Semmering zurückkehrten, sahen sie, wie die Mutter mit dem Nachbarn am Tisch saß, vor ihnen der offene Schuhkarton und daneben ein Haufen in Passepartouts eingefügte Fotografien. Herr Semmering legte sie sorgfältig nebeneinander auf die Tischplatte, die Mutter, die alles genau betrachtete, ließ sich etwas erklären, aber was Herr Semmering ihr zu sagen hatte, war den Kindern gleichgültig. Kichernd und miteinander flüsternd blieben sie auf der Schwelle stehen, dies ging eine Weile, und als die Wohnungstür mit einem Knall, offenbar weil es von irgendwoher zog, ins Schloß fiel, saßen die beiden immer noch da. Aber Herr Semmering redete nicht mehr. Es war eine merkwürdige Stille, vielleicht waren beide erschrocken über das unerwartete Geräusch, und als die Kinder näherkamen und quengelnd darauf bestanden, daß man nun endlich gehen müsse, machte die Mutter eine abwehrende Bewegung mit der Hand.

7

Es war, wie Herr Semmering es vermutet hatte: Der Mann der Frau Förster war jener Radfahrer, der sein Rad jeden Abend an die Hauswand im Hof lehnte, und da stand es ungesichert, und wenn es regnete, glänzte der Sattel, und von den

Chromteilen perlte das Wasser ab. Ihm selbst, dem Herrn Förster, war Herr Semmering ein- oder zweimal begegnet und ganz gegenwärtig war ihm der Eindruck, den der Sturzhelm auf ihn gemacht hatte, jener Sturzhelm, den der andere, der an ihm vorbeigegangen war, trug. Eigentlich ein mit Lederstreifen überzogener Plastikhelm, blau oder rot, jedenfalls auffallend genug, daß sich Herr Semmering daran erinnerte. Daß ihm dies jetzt einfiel, und zwar beinahe schlagartig, hatte einen Grund. Herr Semmering hatte bemerkt, daß die Wohnungstür der Frau Förster offenstand, und er hatte es, als er daran vorbeiging, nicht unterlassen können, einen Blick hineinzuwerfen, und was er sah, es war nur für Sekunden, dann wurde die Tür wieder geschlossen, was er sah, schien ihm allerdings bedrohlich. Wie bei dem Mißverständnis mit dem Rottweiler stand Frau Förster, die Augen aufgerissen, den Rücken gegen die Wand gepreßt, beinahe zu Tode erschrocken da, und jener, der seinen Sturzhelm trug, hatte die rechte Faust, so kam es Herrn Semmering jedenfalls vor, gegen sie erhoben.

›Was soll das‹, dachte er, während er die Treppe rascher als sonst hinter sich brachte, und bevor er auf die Straße hinausging, drehte er den Kopf zur Seite, lauschte, ob etwas zu hören war.

Zwei Querstraßen weiter betrat er einen Supermarkt, zog, was er an Lebensmitteln nötig hatte, aus den Regalen. An der Kasse ließ er sich einen Karton geben, um alles zu sortieren, aber er blieb unkonzentriert, dachte an die junge Frau Förster, ja ihn überkam so etwas wie Unruhe darüber, daß man sie geschlagen haben könnte. Auch fiel ihm ein, daß er, während der Vater so unerbittlich vor ihr stand, die Kinder nicht gesehen hatte. Warum waren sie nicht, wie sonst, in der Nähe der Mutter gewesen. Daran dachte Herr Semmering, und es war ihm unmöglich, das Gedränge in der Halle zu ertragen. Er zahlte, was er schuldig war, nahm den vollen Karton unter den Arm, und als er den Hausflur wieder betreten hatte, zögerte er, die Treppe hinaufzugehen. Es dauerte eine Weile, ehe er den zweiten Stock erreichte, wo er das Namensschild über der Klingel betrachtete. Er hielt das Ohr gegen den Türrahmen, aber die Stille, die er nicht erwartet hatte, da waren weder Schritte noch ein Kinderlachen, veranlaßte ihn, mit einem Anflug von schlechtem Gewissen weiterzugehen.

8

In der gleichen Nacht hatte Herr Semmering einen Traum. Er sah sich in einem Café, das überfüllt war, und am Nebentisch saß jemand, der seine Aufmerksamkeit erregte. Er führte die Tasse wie jedermann gegen die Lippen, saß aber doch aufrechter als alle anderen, so daß die Hand, mit der er die Tasse hielt, eine umständliche Bewegung machen mußte. Herr Semmering sah alles sehr genau, sah die Leichtigkeit, ja Schwerelosigkeit, mit der der andere die Tasse und alle Gegenstände, die er benutzte, zur Hand nahm. Er trug ein weißes Hemd, dazu eine graue Krawatte, die sorgfältig und in einer Art, die Herr Semmering nicht kannte, geknotet war, darüber eine bunte Weste, deren Knopfreihe übermäßig lang erschien.

Der Ober kam, der Mann am Nebentisch zahlte. Dabei sah Herr Semmering, mit welch unwirklicher Gelassenheit er seine Hände bewegte, als wäre das Geld, das er ausgab, nebensächlich oder eine Sache der Höflichkeit und als käme es ausschließlich darauf an, dem Ober, der seine Hast nicht verbergen konnte, freundlich zu begegnen. Herr Semmering wollte sich nach der Zeit erkundigen und fragte den anderen, der, offenbar in der Absicht, das Café zu verlassen, an seinem Tisch vorbeiging, ob er wüßte, wie spät es sei. Er bekam keine Antwort. Als er seine Frage wiederholte, blieb der andere stehen, lächelte, aber er tat es mit Nachsicht, so, als würde er gern behilflich sein, wenn Herr Semmering sich nur verständlich machen könnte.

›Was träume ich da‹, dachte Herr Semmering, als er aufrecht im Bett saß. Er sah auf die Uhr. Es war dreiviertelsechs und statt nun beruhigt zu sein, wehrte er sich dagegen, nochmals einzuschlafen. Er überlegte, ob ihm das Café, von dem er geträumt hatte, bekannt war und ob er zwischen den engen Tischen und auf den harten Holzstühlen irgendwann einmal gesessen hatte.

Am Nachmittag ging er den Kurfürstendamm entlang, überprüfte die Schaufenster und Fassaden, und vor dem Café an der Hardenbergstraße blieb er stehen. Er sah die rosa Decken auf den Tischen und daß die Stühle gepolstert waren. ›Unmöglich‹, dachte er, ›hier bin ich nie gewesen‹, trat dennoch ein. Die Kellnerin kam auf ihn zu, und er fand, daß er den Platz, den sie ihm anbot, unmöglich hätte ablehnen können. Er bestellte eine Tasse Kakao und sah sich um. Das Café war halbleer, worüber Herr Semmering sich wunderte. Er fühlte sich nicht wohl, hatte, seit er sich erinnern konnte, nur selten in solchen Räumlichkeiten gesessen. Alles war hell, beinahe lichtüberflutet, der Blick auf den Bürgersteig und die Straße war unverstellt, so großflächig war die Fensterfront, vor der er saß.

›Wie auf dem Präsentierteller‹, dachte Herr Semmering, der sich beeilte, den Rest Kakao auszutrinken. Aber nun sah er schon, während er die Tasse absetzte, mit der linken Hand griff er nach dem Kleingeld in der Jackentasche, um zu zahlen, nun sah er, wie dort draußen, direkt neben dem Zeitungskiosk, der dicht umlagert war, ein Mann hin- und herschlich. Er stieg über Zeitungspacken und abgestellte Plastiksäcke hinweg, verschwand hinter dem Kiosk, um gebückt wieder hervorzukommen, und dies ständige Bücken und Herumsuchen auf der Erde, als müsse er die Stellen, die er eben erst überprüft hatte, nochmals mit den Händen abtasten, dies geschäftige Auf und Ab und immer im selben Viereck herum, dies alles kam Herrn Semmering irgendwie bekannt vor.

›Sieh mal einer an‹, dachte er, ›er sucht nicht nur im Wald nach irgendwelchen Dingen‹, aber was den Fremden, den er wiederzuerkennen glaubte, dort draußen zwischen den Passanten wirklich umtrieb, er konnte es nicht sagen. Er sah, daß der andere verdreckte Schnürstiefel trug, ein Lodenmantel reichte ihm bis über die Waden, und das kurzgeschnittene Haar wirkte frisch gewaschen. Wie alt er war? Schwer zu sagen. Herr Semmering versuchte, dem Fremden ins Gesicht zu sehen, was nicht gelang, weil er, wenn er sich aufrichtete oder sich der Fensterfront zuwandte, den Kopf immer nur gesenkt hielt. Und irgendwann war er verschwunden. Sicher hatte er, vom Kiosk verdeckt, die Straßenseite gewechselt oder er war nach rechts zur Uhlandstraße weitergegangen. Unwillkürlich beugte sich Herr Semmering mit dem Oberkörper in eben diese Richtung, glaubte für Augenblicke, noch einmal den Lodenmantel zu sehen, und plötzlich hatte er den Wunsch, jenem dort nachzugehen.

›Was für ein Unsinn‹, dachte er, zahlte den Kakao und setzte sich, er hatte schon den Hut vom Haken genommen, an den Tisch zurück.

9

In der Woche nach Pfingsten hatte Herr Semmering einen schlechten Tag. Es begann damit, daß er es versäumt hatte zu frühstücken. Der Kessel mit dem Teewasser stand auf dem Herd, aber er hatte die Gasflamme nicht angezündet, aß auch nicht von dem Brot, das, in Scheiben geschnitten, auf dem Holzbrett lag. Stattdessen saß er im Wohnzimmer und hatte wieder den Schuhkarton mit den Passepartouts vor sich. Einiges sortierte er aus. Es waren Ansichten von Landschaften mit riesigen Pappeln im Hintergrund, davor ein Backsteingebäude, dessen Portal mit Sandsteinsäulen geschmückt war. Auf der Treppe knieten Kinder, und da war, Herr Semmering fuhr mit dem Finger immer wieder darüber hin, ein Porträt, zu einem Oval ausgeschnitten, das einen Uniformierten zeigte. Es war ein Mann um die Fünfzig, mit gutmütigem, bäurischem Gesicht. Herr Semmering erhob sich, griff hinter einen Stapel Bücher, und nun hatte er die Berliner Ansicht aus der Druckerei in der Fasanenstraße in der Hand, legte sie Rand an Rand zu den übrigen Fotografien.

Eine Weile betrachtete er, was wie zu einer Patience angeordnet war, dann nahm er seinen Mantel, überprüfte, ob er den Beleg und genügend Geld bei sich hatte. Minuten später sah man, wie er in einer Drogerie einen Umschlag entgegennahm, den er behutsam in die Manteltasche steckte. Er ging in seine Wohnung zurück, und wieder saß er neben dem Schuhkarton vor den ausgebreiteten Passepartouts, die er um ein Foto erweitert hatte. Es war ein merkwürdiger Anblick. Da waren die vergilbten, zum Teil unscharfen Bilder, deren Ansehnlichkeit durch die Pappumrandung gesteigert wurde, und da war jenes Viereck, das die junge Frau Förster zeigte, wie sie allzu aufrecht auf dem Sofa saß, neben sich die Kinder, und wie eben dieses Foto, obwohl auf Glanzpapier und in leuchtenden Farben gehalten, im Vergleich mit den anderen eher bescheiden wirkte. Herr Semmering rückte es hierhin und dorthin, achtete darauf, daß alles Rand an Rand zueinanderlag, und doch blieb da, nachdem er das Viereck aus der Mitte zurück in die rechte Ecke geschoben hatte, so etwas wie ein Riß. Es wollte sich nicht fügen.

›Warum auch‹, dachte Herr Semmering. ›Es paßt eben nicht zueinander‹, und er ließ alles, so wie er es zuletzt geordnet hatte, liegen.

Gegen Mittag, er hatte den Umschlag und einen Schirm in der Hand, war er versucht, bei den Försters zu klingeln, unterließ es aber, warf stattdessen den Umschlag durch den Briefschlitz, ging rasch, sicher, weil er vermeiden wollte, daß jemand die Tür öffnete, weiter, und auf der Straße stieg er in den Bus, der zum Tegeler Weg fuhr. Er setzte sich nicht, obwohl genügend Platz war, sah angestrengt in die Gegend, und je länger dies dauerte, desto heftiger schien er mit sich zu kämpfen, ob er aussteigen sollte. In der Nähe des Charlottenburger Schlosses verließ er die Plattform, um sofort wieder aufzuspringen, und als er über die Brücke fuhr, als er die Spree sah, wurde er ruhiger. Der Anblick war ihm nur allzubekannt, hatte doch das Fenster seines Arbeitszimmers nach Westen gelegen, so daß er täglich, wenn er an seinem Schreibtisch beschäftigt gewesen war, den Park mit dem Teehäuschen und das Gewässer mit den Schleppkähnen vor Augen gehabt hatte.

Im Landgericht wurde er angesprochen. Man überredete ihn, mit in die Kantine zu kommen, und dort mußte er, kaum daß er sich gesetzt hatte, Fragen beantworten: Wie es ihm ginge, ob er immer noch allein wäre und ob er, was er doch seit Jahren vorgehabt hätte, in Ostindien gewesen sei. Aber das Interesse des anderen war ihm zu überfallartig und dessen Gerede war ohne Punkt und Komma, und die Königsberger Klopse, die man servierte, lagen ihm, nachdem er davon gegessen hatte, sofort schwer im Magen. Trotzdem: Als er wieder in der Halle war, als er die schweren Steintreppen hinaufging, als er die einem Kloster nachempfundenen Säulen betrachtete, beschloß er, einen Blick in sein ehemaliges Arbeitszimmer zu werfen.

›Wie gut‹, dachte er, ›kenne ich diese langgestreckten Gänge‹, und jetzt erst fiel ihm auf, daß alles, bis zur Decke, frisch gekalkt war.

Er öffnete die Tür, sah die riesigen Aktenschränke und die beiden Tische, die man gegeneinandergeschoben hatte, und im Hintergrund ragte das schmale Fenster auf, dessen rechter Flügel geöffnet war. Da es zog, glitt ihm die Klinke aus der Hand. Die Tür schlug zu, für Augenblicke war er unentschlossen, wußte nicht, ob sein Besuch, kaum begonnen, damit beendet war, und auf der Heimfahrt bemerkte er, daß er seinen Schirm liegengelassen hatte.

›Zwecklos‹, dachte er, ›sicher hat ihn jemand mitgenommen.‹

Das Völlegefühl im Magen war verschwunden, auch wunderte er sich, wie leicht ihm das Treppensteigen in den vierten Stock gelang, und nachdem er die Wohnungstür aufgeschlossen hatte, er ging, während er seinen Mantel aufknöpfte, ein paar Schritte in das Berliner Zimmer hinein, überkam ihn ein Gefühl von Angst. Es war ein Kreisen in seinem Kopf, und die Dinge um ihn her waren irgendwie in der Schwebe, als könnten sie ihm, wenn er eine falsche Bewegung machen würde, entgleiten. Gleichzeitig aber, indem er diesen Verlust erwartete, wußte er, daß es keineswegs so war und daß alles, was er sah und was ihm seit jeher vertraut war, zuverlässig halten würde.

Es klingelte, und als er Schritte hörte, die sich zaghaft entfernten, trat er ins Treppenhaus hinaus. Es war Frau Förster, die sich für die Fotos bedanken wollte. Sie öffnete das Portemonnaie, das sie in der Hand hielt, offenbar wollte sie ihm die Auslagen zurückerstatten, aber es kam nicht dazu. Wortlos ging Herr Semmering in die Wohnung zurück, und sie, unsicher über sein Schweigen, folgte ihm mit einigen Schritten Abstand, und als er sie ansah, er stand wieder in der Mitte des Zimmers, bemerkte sie seine Blässe.

»Was haben Sie«, fragte Frau Förster.

»Nichts, nichts«, antwortete Herr Semmering. »Vielleicht war es ein Fehler, in den Tegeler Weg zu fahren.«

Er hatte vergessen, die Fotos auf dem Tisch wegzuräumen, und nun war es zu spät. Frau Förster hatte entdeckt, daß er das gleiche Foto, das sie jetzt bezahlen wollte, unter die Passepartouts eingereiht hatte.

›Hoffentlich denkt sie nicht, es hätte etwas zu bedeuten‹, diese Sorge war ihm plötzlich wichtig, auch wollte er verhindern, daß sie näher an den Tisch herantrat. »Es ist nicht der Rede wert«, sagte er, schob die Passepartouts, so wie sie dalagen, rasch ineinander, warf sie, er hatte noch einmal nachgefaßt, als Packen in den Schuhkarton zurück.

Minuten später lag ein Zehn-Mark-Schein auf der Kommode, die zwischen dem Spiegel und der Garderobe aufgestellt war, und Herr Semmering, der sich abgewandt hatte, um den Schuhkarton in das Regal zurückzustellen, bemerkte, wie Frau Förster die Wohnung verließ. Für Augenblicke schien sie zu zögern, vielleicht, weil sie sich nochmals zeigen und verabschieden wollte, dann hörte Herr Semmering die Tür klappen. Er war wieder allein.

Als es dunkel wurde, stand er auf dem Balkon, sah in Richtung Fehrbelliner Platz, sah, wie sich der Verkehr an der oberen Kreuzung vor der Ampel staute und daß der Damm, den er überblickte, wie eine Anhöhe wirkte. Dies war ihm nie aufgefallen. Er beugte sich über das Geländer, musterte die Fassade, und es kam ihm vor, als würde weiter unten nach rechts zu und zwei Etagen tiefer, eben dort, wo er die Wohnung der Frau Förster vermutete, als würde dort unten etwas in Bewegung sein. Das Fenster war geschlossen, auch hatte man die Gardinen zugezogen, und dennoch konnte Herr Semmering erkennen, daß zwei Schatten gegeneinander gestikulierten.

›Der da‹, dachte Herr Semmering und tippte sich unwillkürlich, wie, um die Druckstellen eines Plastikhelms anzudeuten, mit dem Finger gegen die Stirn, ›der da‹, dachte er, ›schlägt doch nicht etwa seine Frau!‹

Er war empört, aber während er überlegte, ob es sinnvoll wäre, ein paar energische, unmißverständliche Worte in Richtung gegen die zweite Etage hin auszurufen, war alles wieder vorbei. Man hatte das Licht gelöscht, das Fenster wurde einen Spalt breit aufgestoßen, und nun wirkte auch dieser Teil der Fassade, wie alles übrige, normal und unbeweglich.

›Ich werde auf sie achten müssen‹, dachte Herr Semmering, und als er im Bett lag, als er die Zigarette, die halb aufgeraucht war, im Aschenbecher ausdrückte, dachte er noch einmal an die Fotos, die er endgültig im Schuhkarton hatte verschwinden lassen, und besonders beschäftigte ihn die Altberliner Ansicht, die er in der Fasanenstraße gekauft hatte und auf der jener unbekannte Junge mit dem Strohhut zu sehen war, die rechte Hand erhoben, als würde er jemanden grüßen. Die Knie wirkten in ihrer Beugung wie künstlich angehalten, aber deswegen nicht starr, sondern als müßten sie, wenn man nur Geduld hatte und genauer hinsah, wieder in Bewegung geraten.

›Es ist eine Täuschung‹, dachte Herr Semmering. ›Und wäre jener da‹, dachte er, ›nicht durch einen Zufall mit auf die Platte gebannt worden, er wäre verschwunden, als hätte es ihn nie gegeben.‹

Mit schlechtem Gewissen gestand er sich ein, daß er versucht gewesen war, das Bild als alten Plunder in den Mülleimer zu werfen, und obwohl ihn dieser Gedanke beunruhigte, schlief er auf der Stelle ein.

10

Bevor der Sommer zu Ende war, buchte Herr Semmering doch noch eine Reise. Er nahm Strapazen auf sich, der Flug dauerte länger als vierzehn Stunden, und als er endlich am Ziel war, bereute er den Entschluß. Unaufhörlich flimmerten vor seinen Augen Menschenmassen, die sich durch enge Straßen schoben, an niedrighängenden Leuchtreklamen vorbei, ein ununterbrochenes Pfeifen und Rauschen lag in der Luft und ein Gestank von Benzin, Schweiß, süßlichen Gewürzen, dazu eine unendlich laue, nach Tang schmeckende Brise vom offenen Meer her. Unvorstellbar, daß Herr Semmering bei dem Verkehr eine Kreuzung hätte überqueren können, und wenn er sich in einer Kutsche herumfahren ließ, kam er sich überflüssig, ja inmitten des Gewimmels beinahe minderwertig vor. Er hatte Sehnsucht nach den Pappeln und Akazien seiner Wilmersdorfer Gegend, und daß er das Hotel in den letzten Tagen vor seiner Rückreise nicht mehr verließ, war ihm nur selbstverständlich.

Er saß an der Bar, trank Whisky, dann wieder Mineralwasser, ließ sich in belanglose Gespräche verwickeln, rauchte übermäßig, und es gab Augenblicke, die ihn irritierten. Ein älterer, fast glatzköpfiger Hilfskellner stand ihm im Rücken, um jedesmal, wenn Herr Semmering seinen Zigarettenstummel ausgedrückt hatte, nach dem Aschenbecher zu fassen, dessen Inhalt er mit einer raschen Bewegung in der hohlen Hand verschwinden ließ. Dies tat er nur bei ihm, obwohl auch andere rauchten, und wie er die Zigarettenreste letztendlich wieder los wurde, dies konnte Herr Semmering nicht erkennen.

Am nächsten Morgen, als er das Gepäck zum Bus schleppen wollte, warf er noch einmal einen Blick in die Bar. Er fürchtete, daß jener, der ihn gestern bedrängt hatte, erneut auftauchen könnte. Rasch ging er weiter, verfing sich, als er die Stufen zum Trottoir erreicht hatte, in einer losen Kofferschnalle. Er verlor die Balance, stürzte aber nicht, und auf der Fahrt zum Flughafen bemerkte er, daß der Knöchel über dem linken Fuß leicht angeschwollen war.

Als Herr Semmering in Tegel landete, war es dunkel. Er nahm sich ein Taxi, und kurz darauf stand er mit dem Gepäck im Hauseingang, überlegte, wie er am besten über die vier Treppen hinweg zu seiner Wohnung gelangen könnte. Er begann mit der Reisetasche, die er mehrmals absetzte, dann, er war froh, daß ihm niemand begegnete, schleppte er den schweren Koffer bis in den zweiten Stock, vermied es, was leichter gewesen wäre, ihn über die Stufen zu ziehen, er wollte jedes unnötige Geräusch vermeiden, und als er die Beleuchtung, die ausgegangen war, wieder einschaltete, sah er, daß vor der Tür der Frau Förster das Messingschild fehlte.

In seiner Wohnung roch es nach Bohnerwachs. Die Haushälterin hatte überall Staub gewischt, ordentlich gestapelt lag die Wäsche auf dem Küchentisch, der Kühlschrank war mit frischen Vorräten aufgefüllt. Herr Semmering ließ heißes Wasser in die Badewanne laufen.

Daß er am nächsten Tag zweimal an der Tür der Frau Förster vorbeiging, ohne zu bemerken, daß sie nur angelehnt war, dies wurde ihm später erst bewußt. Ein Möbelwagen parkte vor dem Haus, der irgendwann wieder verschwunden war, und neben dem Rinnstein hatte man einen zerbrochenen Kinderstuhl zurückgelassen.

›Ein Kinderstuhl‹, dachte Herr Semmering, trat näher heran, nahm das leichte Gebilde in beide Hände, dabei sah er unwillkürlich zu den Fenstern im zweiten Stock hinauf, kniff die Augen zusammen. Fehlten da nicht die Gardinen?

Herr Semmering ging ins Treppenhaus zurück, zählte beinahe die Stufen, die er hinter sich ließ. Mit gestrecktem Zeigefinger und sehr behutsam, als gelte es, einen Verdacht zu widerlegen, schob er die Tür neben dem abgeschraubten Messingschild einen Spalt breit in den Korridor hinein. Die Wohnung war leer, alle Türen sperrangelweit geöffnet, überallhin glänzte der Parkettboden und auf den Tapeten helle Schatten, die nochmals, ja unwiderruflich darauf hinwiesen, daß hier niemand mehr anzutreffen war.

›Wie ist das möglich‹, dachte Herr Semmering, ging in die leere Wohnung, betrachtete die bunten Abziehbilder am Küchenfenster. In der Mitte der Küche sah er auf dem Linoleum Druckstellen, die der Tisch hinterlassen hatte, er fuhr mit der Schuhsohle darüber hin. Als er im Korridor stand und in die Zimmerflucht sah, fühlte er sich elend inmitten der Kahlheit, auch war der Schmerz über dem linken Fuß im Knöchel wieder da. Herr Semmering hörte ein Geräusch, es war, als würde etwas Hartes über den Boden geschleift, dann war da ein kurzes Aufheulen, und tatsächlich: Der Rottweiler, der die Kinder der Frau Förster schon einmal erschreckt hatte, stürmte vom Treppenhaus her in die leeren Zimmer hinein, strich schnüffelnd an den Heizungen entlang, und plötzlich war er mit der Schnauze an Herrn Semmerings Knie. Herr Semmering hielt sich unbeweglich und erst, als das Tier den geschwollenen Knöchel berührte, jetzt erst faßte er den Rottweiler mit der rechten Hand hinter den Ohren und drückte ihn sanft nach unten. Eine Weile standen sie so, Herr Semmering leicht gebückt, das Tier mit der Schnauze an seinem Knöchel, dann schüttelte sich der Rottweiler, riß sich los, wobei das Ende der Leine, die sich verdreht hatte, gegen den Parkettboden peitschte.

Herr Semmering hatte keinen Pfiff gehört, und dennoch war das Tier, so unerwartet, wie es gekommen war, wieder verschwunden. Wem es gehörte und warum es nun schon das zweite Mal in diesem Haus auftauchte, wußte Herr Semmering nicht zu sagen. Er kannte niemanden in der näheren Umgebung, der einen Rottweiler an der Leine führte.

›Schade‹, dachte Herr Semmering, glaubte noch den Druck der feuchtwarmen Hundeschnauze zu spüren und daß ihm dies angenehm gewesen war.

Wochen später war in die leerstehende Wohnung jemand eingezogen, aber Herr Semmering vermied es, näher hinzusehen, wollte auch nicht wissen, wer die neue Nachbarschaft war, und wenn er im zweiten Stock an dem Namensschild vorbeiging, drehte er den Kopf zur Seite. Er hatte sehr wohl bemerkt, daß dort, statt des Messingschilds, ein helles, viereckiges Stück Emaille mit einem Namenszug angebracht war. Es wirkte auf ihn wie eine Kränkung, von der er hoffte, daß sie sich verlieren würde. Außerdem hatte er Mühe mit dem Knöchel. Die Schwellung war leicht gerötet, an den Rändern nach oben und unten ins Bläuliche übergehend, aber der Schmerz, den er spürte, blieb diffus, und wenn die Haushälterin, die ihm Umschläge aus essigsaurer Tonerde machte, mit dem Finger auf den Knöchel drückte, kam es ihm vor, als wäre da nichts, worauf man hätte achten müssen.

»Sie müssen zum Arzt«, sagte die Haushälterin schließlich. »Ich kann nur zweimal in der Woche kommen. Und Sie sehen ja selbst, was es mit Ihrem Fuß für eine Bewandtnis hat.«

Dies sagte sie, und Herr Semmering fühlte sich merkwürdig berührt.

11

›Bewandtnis, was für ein zwiespältiges Wort‹, dachte Herr Semmering, und am gleichen Tag noch fand er in seinem Postkasten einen Brief vor. Es war eine Nachricht des Seniorenheims Wernicke e.V.

»Sehr geehrter Herr Semmering«, schrieb ihm der Direktor, »da wir die Verhältnisse unseres Hauses auf Jahre hinaus genau planen und auch Sie, wenn es soweit ist, zufriedenstellen möchten, bitten wir um Ihren Besuch. Es wären noch einige Fragen zu klären...«

›Sehr korrekt‹, dachte Herr Semmering, ließ diese Fürsorge gern gelten, und so ging er, nachdem er telefonisch einen Termin vereinbart hatte und obwohl der Fuß schmerzte, die wenigen Kilometer von der Uhlandstraße bis nach Friedenau. Ihm gefiel der Anblick der Rabatten, als er den Volkspark durchquerte. Sie waren frisch gepflanzt, es roch nach Erde, die man gründlich gewässert hatte. Auf der Detmolder Straße war starker Verkehr, aber Herr Semmering wußte, daß hinter der S-Bahn, dort, wo die Gegend mit Linden, Kastanien und Ulmen bepflanzt war, alles wieder ruhig sein würde, bis hin zur Handjerystraße, die, obwohl an der Bundesallee gelegen, wie eine Idylle wirkte.

Als er den Zaun mit den schmiedeeisernen Stäben erreicht hatte, hörte er ein Martinshorn, das rasch näher kam. Mit quietschenden Reifen durchfuhr ein Rettungswagen die Roennebergstraße, wendete und raste auf den Eingang der Villa Wernicke zu. Herr Semmering blieb stehen, sah, wie die hintere Tür des Wagens aufgerissen wurde, zwei Männer zogen eine Bahre hervor, mit der sie im Laufschritt verschwanden. Herr Semmering wartete, irgendwie schien es ihm taktlos, jetzt, da der Wagen mit offenen Türen und rotierendem Blaulicht in äußerster Bereitschaft dastand, näherzutreten. Aber wie lange er auch wartete, es geschah nichts, und als er endlich in der Nähe des Wagens auftauchte, sah er, daß mehrere Personen, darunter die Männer im weißen Kittel, über die Bahre gebeugt waren, die im Hauseingang stand. Sie hantierten mit irgendwelchen Geräten, es geschah in merkwürdiger Ruhe, dann, wortlos und wie auf ein Kommando, hob man die Bahre an und trug jemanden, der eine Sauerstoffmaske vor dem Gesicht hatte, zum Rettungswagen. Herr Semmering hörte die Türen klappen, und als der Wagen abfuhr, geschah es ohne Eile und ohne daß man das Martinshorn benutzte.

»Ist etwas passiert?« fragte Herr Semmering, indem er durch das Tor die Auffahrt betreten wollte.

»Nichts, nichts«, antwortete ein überaus verbindlich wirkender Mann, es war der Direktor. »Nichts, nichts«, sagte er. »Wer hier aufgenommen wird… Es ist immer dasselbe.« Und als hätte er bemerkt, wie ungeschickt seine Antwort war, gab er einem anderen, offenbar einem Pfleger, den Wink, das Tor zu schließen, was augenblicklich geschah.

Man hörte ein Surren von links her. Wie eine Wand auf Rädern und unendlich langsam setzte sich das Tor in Bewegung. Herr Semmering hätte noch über die Stahlschiene treten und das Mißverständnis, schließlich hatte man ihn hergebeten, aufklären können, aber während er dies wünschte, stand er wie festgenagelt und mit hängenden Armen da und versuchte sich zu erinnern, ob er jenem, den man auf der Bahre fortgetragen hatte, schon einmal begegnet war. ›Damals‹, dachte er, ›vor einem halben Jahr, als ich ihnen beim Tanzen zugesehen habe.‹

Ganz gegenwärtig war ihm der Akkordeonspieler, der auf der Tanzfläche neben einem Hocker gestanden hatte. Auch war es in dem Raum, in dem man sich versammelt hatte, unerträglich hell gewesen. Aber er konnte sich an keines der Gesichter erinnern, wußte nur, daß man einander zugelächelt hatte, und jener auf der Bahre, der durch die Sauerstoffmaske entstellt war…

›Er wird wohl dabeigewesen sein‹, dachte Herr Semmering, zog den Brief aus der Jackentasche, überflog nochmals den Inhalt, und plötzlich kam ihm, was er zum zweiten, ja zum dritten Mal las, wie eine offen gemeinte Drohung vor:

»Sehr geehrter Herr Semmering, da wir die Verhältnisse unseres Hauses auf Jahre hinaus genau planen und auch Sie, wenn es soweit ist, zufriedenstellen möchten…«

›Wenn es soweit ist‹, dachte Herr Semmering, und er ertappte sich dabei, wie er den Brief in der hohlen Hand zu zerknüllen begann, so lange, bis er sich zu einer Kugel verformt hatte, und erst, nachdem er auf diese Weise unkenntlich geworden war, warf er ihn seitwärts in die Büsche.

12

»Ich kann nichts erkennen«, sagte der Arzt, nachdem er den Fuß abgetastet hatte. »Zunächst«, fügte er hinzu, »werden wir die Sache röntgen.«

Und nun wurde Herr Semmering durch die Gänge des Krankenhauses hin- und hergeschoben. Er fühlte sich behandelt wie ein Schwerkranker, mußte sich gefallen lassen, daß man ihm in der Röntgenkabine die Hosenbeine hochkrempelte. Man nahm ihm Blut ab, mit der Bemerkung, es wäre besser, nicht hinzusehen, und zuletzt rollte man einen Wiegestuhl heran, forderte ihn auf, sich umzusetzen, wobei man ihm kräftig unter die Arme griff. Herr Semmering wollte protestieren, aber für den Nachmittag schon wurde ihm ein Bett zugewiesen.

»Ab zweiundzwanzig Uhr nichts essen, nichts trinken«, sagte die Schwester, schob ihm eine Tasse Tee und ein Stück Kuchen hin, und damit war klar, daß die Untersuchungen am nächsten Tag fortgesetzt werden sollten.

Als die Sonne ins Zimmer schien, Herr Semmering hatte kaum geschlafen, wurde ihm das Thermometer hingehalten. Er tat, was man von ihm verlangte, und wieder begann eine Wanderung durch die langgestreckten Gänge, der Pfleger, der den Rollstuhl schob, pfiff gelangweilt vor sich hin. Ein endloses Warten vor dieser und jener verschlossenen Tür.

»Kein Grund zur Sorge. Sie können gut noch zehn Jahre leben«, sagte der Arzt am nächsten Tag, während er in der Mappe blätterte. »Und wenn Sie aufhören zu rauchen«, fügte er hinzu, »dürften auch die Treppen kein Problem mehr für Sie sein.« Er versicherte, daß die Schwellung bald abklingen würde, verschrieb irgendein Mittel, ordnete an, daß Herr Semmering noch zwei Tage, bis er sich selbständig würde bewegen können, auf der Krankenstation blieb, dann bestellte man ein Taxi, und Herr Semmering fuhr in seine Wohnung zurück. Und tatsächlich: Übers Wochenende schon hatte er keine Schmerzen mehr, danach verfärbte sich der Knöchel noch einmal kräftig in ein schmutziges Gelb, aber die Schwellung war verschwunden. Und was hatte ihm der Arzt gesagt? »Kein Grund zur Sorge. Sie können gut noch zehn Jahre leben.«

Herr Semmering spürte, wie vor Monaten schon, einen leichten Schwindel in seinem Kopf, ihm war, als wären die Dinge um ihn her irgendwie in der Schwebe, eine Einbildung, die ihm beim ersten Mal nicht unangenehm gewesen war, jetzt aber wollte er sie loswerden.

›Da ist nichts‹, dachte er, ›was ich zu fürchten hätte.‹

Am gleichen Tag sah man, wie Herr Semmering vor dem Café an der Hardenbergstraße auf- und abging. Er beobachtete den Zeitungskiosk, und irgendwann beschloß er, die Drehtür zu benutzen, folgte dem Kellner, der ihm einen Tisch in unmittelbarer Nähe der Fensterfront zuwies, und so saß er in Hut und Mantel unentschlossen da, nippte an der Tasse Kakao, die er sich bestellt hatte. Er sah sich um, musterte die Gäste. Am Nebentisch saß eine Gruppe junger Leute. Herr Semmering hörte ihrer lebhaften Unterhaltung zu, ohne wirklich interessiert zu sein. Und saß da nicht jemand, der ein weißes Hemd trug, dazu eine graue Krawatte, die sorgfältig und in einer Art, die er nicht kannte, geknotet war, darüber eine bunte Weste, deren Knopfreihe übermäßig lang erschien?

›Was man heute nicht alles trägt‹, dachte Herr Semmering, und ihm fiel ein, daß er etwas Ähnliches geträumt hatte. Und war jener im Traum nicht plötzlich aufgestanden, und hatte er, Herr Semmering, ihn nicht nach der Zeit gefragt?

›Er hat mir nicht geantwortet‹, dachte Herr Semmering.

Einige Stunden später, er hatte sich entschlossen, mit dem Bus bis zur Havelchaussee zu fahren, ging Herr Semmering waldeinwärts und erreichte die Gegend, die ihm vertraut war.

›Hier bin ich lange nicht gewesen‹, dachte er und betrachtete jenen meterhohen, nach oben hin zu einer Spitze auslaufenden Findling, in den man eine Eisenplatte eingelassen hatte. Die Inschrift war unleserlich gemacht und mit grüner Farbe übermalt worden. Auf der Rückseite des Steins las man in einer feinen, weißen Schrift, wie mit Kreide hingemalt: »Indisches Grabmal«.

›Das ist neu‹, dachte Herr Semmering, fuhr mit dem Finger über die Eisenplatte, und als er weiterging, sah er, daß er in unmittelbarer Nähe des Jagen 90 war, jenes drei, vier Hektar großen Rechtecks, in dem man eine kleine Parzelle abgetrennt und umzäunt hatte.

»Schonung. Bitte nicht betreten. Berliner Forsten«, stand auf einem Schild, und während Herr Semmering überlegte, ob die struppige Wildnis, die hinter der Absperrung aufragte, die Bezeichnung Schonung überhaupt verdiente, bemerkte er, daß ihm jemand im Rücken war.

›Der mit dem Lodenmantel‹, schoß es Herrn Semmering durch den Kopf. Aber das Gestrüpp aus wilden Kirschen und umgehackten und in langen Ruten nachgewachsenen Akazien war so dicht, daß Herr Semmering nahe herantreten mußte, und jetzt erst, er hatte den Zaun mit den Fingern berührt, sah er, daß er sich getäuscht hatte. Es war ein anderer. Er sah ein hageres, langgestrecktes Gesicht und zwei buschige Augenbrauen, die, so schien es Herrn Semmering jedenfalls, höhnisch nach oben gezogen waren. Der Fremde war groß, überragte ihn mindestens um einen Kopf, und er fror, hielt beide Hände in den Hosentaschen, zitterte leicht unter der dünnen Lederjacke, deren Ärmel zu kurz waren.

›Und hätte er einen Plastikhelm auf‹, dachte Herr Semmering, ›er würde mich an jemanden erinnern.‹ Unwillkürlich sah er ihm auf die Stirn, als müßten da Druckstellen zu erkennen sein.

»Ist irgend etwas?« fragte der andere, und zwar dermaßen anzüglich, daß Herr Semmering einen Schritt zurückwich.

Und nun geschah etwas Unerwartetes. Vielleicht, weil Herr Semmering sich jenseits des Zauns sicher fühlte oder weil er dem anderen, der fror, freundlich begegnen wollte... Er zog seine Brieftasche hervor, ein kurzes Überprüfen des Inhalts, dann hatte Herr Semmering einen Fünfzig-Mark-Schein in der Hand, den er dem anderen durch die Maschen des Zauns wortlos entgegenstreckte.

13

Bis in die Weihnachtstage hinein gelang es Herrn Semmering sich zu zerstreuen. Er ging ins Theater, und als er durch Zufall eine Freikarte für den ›Lohengrin‹ bekam, mußte er staunen, was ihm da alles, und über vier Stunden hinweg, geboten wurde. Es waren, wie er in der Zeitung gelesen hatte, berühmte und teuer bezahlte Sänger, und daß eine Schwarze in einer Wagneroper minutenlang an der Rampe stand und als Fürstin von Brabant gelten durfte, dies fand er kühn, aber es gefiel ihm. Am Silvesterabend sah er Verdis ›Maskenball‹, ließ sich von der ausgelassenen Stimmung im Parkett zu einigen Bravos animieren, überlegte, ob es möglich sein würde, ein gutes Restaurant zu finden. Alles war überfüllt, und so gab er es auf, winkte ein Taxi herbei, und als er den Hausflur betrat, hörte er, wie man sich Glückwünsche für das Neue Jahr zurief. Im ersten Stock waren die Türen zu den Wohnungen sperrangelweit geöffnet.

»Trinken Sie ein Glas Sekt mit uns!« Irgendjemand faßte Herrn Semmering am Ärmel, zog ihn in einen der Korridore, und nun hatte er, während draußen die Knallerei begann, ein Glas in der Hand, sah sich Gesichtern gegenüber, die er nur flüchtig kannte. Man prostete einander zu, es wurde nachgeschenkt, und Herr Semmering spürte, als er zuletzt die Treppen hinaufging, durchaus so etwas wie ein Hochgefühl, sang leise vor sich hin, als er den Schlüssel ins Schloß steckte.

»Um wieviel ruhiger es hier oben ist«, murmelte er, legte Mantel, Hut, Schal in der Garderobe ab, und während er ein paar Schritte in das Berliner Zimmer hineinging, um das Licht einzuschalten, fiel ihm der Fremde aus dem Jagen 90 wieder ein.

›Was sie dort wohl suchen‹, dachte Herr Semmering. Denn auch jener mit dem Lodenmantel hatte sich in derselben Parzelle zu schaffen gemacht, in der Parzelle, die hoffnungslos verwildert und doch mit der Bezeichnung ›Schonung‹ versehen war. Sicher, er hatte beobachtet, daß Waldarbeiter weggeworfenes Papier, leere Büchsen, Plastikabfall zu kleinen Haufen aufschichteten, die dann irgendwann weggekarrt wurden.

›Aber in solchen Haufen‹, dachte Herr Semmering, ›läßt sich nichts Brauchbares finden.‹

Unter diesen Gedanken trat er vor den Kleiderschrank, öffnete beide Türen und fuhr mit der rechten Hand über die Hemden, Anzüge und

Jacken, die auf Bügeln ordentlich nebeneinandergereiht waren. Er zögerte, griff aber doch nach einem dunklen Wollmantel, den er, wobei er ihn kritisch abschätzte, hin- und herzuwenden begann. Er griff in die Taschen, holte etwas Kleingeld hervor, dann, nachdem er sich nochmals vergewissert hatte, daß kein Knopf fehlte und auch sonst alles in Ordnung war, verstaute er den Mantel in einer Plastiktüte.

14

Es dämmerte schon, als Herr Semmering den Teltower Weg erreichte, aber als er auf das freie Feld hinaustrat, konnte man bis zum Birkenwäldchen alles genau überblicken, und Herr Semmering ging, als hätte er eine Verabredung und als gelte es, eine Verspätung aufzuholen, geradewegs auf das umzäunte Viereck zu. Er wußte, wie unsinnig es war, so kurz vor dem Dunkelwerden und in dieser Einöde jemanden zu vermuten, dem er zufällig begegnet war.

›Notfalls lege ich den Mantel ins Gebüsch‹, dachte Herr Semmering, und während er sich dem Zaun näherte, während er mit gesenktem Blick den Boden nach einer Vertiefung absuchte, an der man die Plastiktüte hätte durchschieben können, während er schon bereit war, sich zu bücken und die Maschen des Zauns anzuheben, spürte er, daß wieder jemand in seiner Nähe war.

»Ich habe Ihnen etwas mitgebracht«, sagte Herr Semmering kaum hörbar, und es kam ihm vor, als gäbe es aus dem Innern des Vierecks, aus dem mehrfachen Gestrüpp heraus, ein Flüstern.

›Dort werden sie kampieren‹, dachte er, ›vielleicht auch der mit dem Lodenmantel‹, und er wollte noch etwas sagen. Er wollte jenen, die sich nicht zeigten, ein paar freundliche Worte zurufen. Stattdessen nahm er den Mantel aus der Plastiktüte, warf ihn, wobei er zwei Schritte zurücktrat, in hohem Bogen über den Zaun, sah, wie er sich, als hätte er durch den Schwung Wind gefangen, ausbreitete, aber wo er liegen blieb, dies konnte Herr Semmering nicht erkennen.

Am nächsten Tag begann er seine Wohnung aufzuräumen, warf diese und jene Kleinigkeit, die er aus irgendwelchen Gründen aufgehoben hatte, es waren Aktenordner, alte Illustrierte, aber auch Erinnerungsstücke aus Glas, Holz, Messing, er warf, was sich auf den Stellagen oder Fensterbrettern angesammelt hatte, in den Mülleimer. Einiges sortierte er aus, und die Haushälterin staunte, als er ihr ein paar Nippesfiguren, dazu vier wertvolle Tassen aus Nymphenburger Porzellan anbot. Sie bedankte sich, konnte sich nicht erklären, warum er die Brücke auf dem Teppich entfernt hatte. Tagelang lag sie zusammengerollt in der Ecke, schließlich war sie verschwunden, und auch die Bücher in dem Regal wurden auffallend weniger.

›Ja, will er ausziehen‹, dachte sie, machte sich Sorgen, daß Herr Semmering öfter als sonst, wie sie meinte, auf den vier Treppen unterwegs war, und er war außer Atem, wenn er das Zimmer betrat.

»Sehen Sie«, sagte er und klopfte sich mit der Faust gegen das Brustbein, »sehen Sie«, sagte er, »jede Woche geht es ein wenig schlechter.«

Er setzte sich, um sich zu erholen, und er wirkte merkwürdig zufrieden, sah der Haushälterin, die immer noch regelmäßig kam, beim Staubwischen zu, und eines Tages zeigte sich Herr Semmering gereizt. Er bemerkte, wie die Haushälterin den Schuhkarton aus dem halbleeren Regal nahm, es war eine Bewegung, als müsse sie etwas Überfälliges wegräumen, und da der Deckel, der notdürftig mit Tesafilm befestigt war, nachgab, schien es Herrn Semmering, als müsse der Inhalt jeden Augenblick herausrutschen.

»Was machen Sie da! Alles bleibt wie es ist!« rief er, dann, die Haushälterin hatte den Karton so rasch, wie sie danach gegriffen hatte, ins Regal zurückgestellt, trat wieder Ruhe ein, und Herr Semmering murmelte ein paar Worte der Entschuldigung.

15

Irgendwann ging Herr Semmering erneut zum Kleiderschrank, war versucht, eine der Jacken oder eine Hose auszusortieren.

›Erst einmal will ich sehen, wie sie mit dem Mantel zurechtkommen‹, dachte er.

Sicher, man hätte die Knöpfe versetzen müssen, auch war das Futter unter den Achseln zu eng geschnitten, aber wenn man den Kragen steil hochschlug und den Saum an den Ärmeln lostrennte und nach unten zu ausließ... ›Könnte es gehen. Und der Wollstoff wärmt‹, dachte Herr Semmering, als er jenem, der überaus hager und immer noch unrasiert wirkte, wieder gegenüberstand. Er hatte den Mantel über die Lederjacke gezwängt, man sprach kein Wort, und doch war es beinahe wie ein Wiedersehen und als hätte man aufeinander gewartet.

›Vielleicht hofft er, daß ich ihm nochmals Geld zustecke‹, dachte Herr Semmering, der schon zur Brusttasche griff, aber, obwohl der andere mit Blicken die Bewegung seiner Hand verfolgte, diesmal ließ er es sein.

Der Fremde wandte sich ab. Ein, zwei Schritte, als würde er darauf warten, daß man ihn ansprach, dann verschwand er in dem Gestrüpp, das hinter seinem Rücken zusammenschlug.

›Soll ich ihm folgen‹, dachte Herr Semmering, der wußte, wie leichtsinnig dieser Gedanke war. ›Er könnte mich niederschlagen und ausrauben. Kein Mensch würde es in dieser Stille bemerken‹, dachte Herr Semmering, und doch ging er einige Schritte um das Viereck herum, um eine Lücke zu entdecken, durch die man auf die andere Seite des Zauns hätte gelangen können.

›Irgendwo‹, dachte er, ›muß es so etwas geben‹, und tatsächlich: Der Zaun war an mehreren Stellen verrottet, zwei Pfähle hatten sich aus dem Boden gelöst, so daß der Maschendraht flach auf der Erde lag. ›Von hier aus‹, dachte Herr Semmering, ›müßte jener, der auf mich gewartet hat, und, wer weiß, vielleicht auch der mit dem Lodenmantel, hinter die Büsche gelangt sein.‹

Es dauerte eine Weile, ehe er bereit war, den Schritt über den Maschendraht hinweg zu wagen.

Er wollte nicht hängenbleiben, und so sprang er beinahe, indem er sich an einer Akazie festhielt, über die niedergerissene Grenze, und nach zehn, zwanzig Schritten stand er dem Fremden wieder gegenüber, und er sah, wie richtig seine Vermutung gewesen war.

Hier war alles, was den Boden bedeckt hatte, weggeschlagen, eine Art Zeltdach war über eingegrabenem Astwerk errichtet. Es waren zerrissene Plastikfolien, die man übereinandergezogen hatte, Abfälle lagen herum, aber es gab keine Feuerstelle. Herr Semmering wußte, daß er nun, nachdem er dem Fremden bis hierher, sozusagen bis ins Versteck gefolgt war, daß er nun keinerlei Unverbindlichkeit mehr geltend machen konnte. Der andere wirkte nach wie vor bedrohlich, trank aus einer Coca-Cola-Büchse, wobei er Herrn Semmering nicht aus den Augen ließ. Und sah er nicht auf die Brusttasche? Und war es nicht vollkommen klar, daß er, da Herr Semmering vorhin Anstalten gemacht hatte, dorthinzufassen, war es nicht klar, daß der andere vermuten durfte, er hätte ausreichend Geld bei sich?

»Ich gebe Ihnen zweitausend Mark«, sagte Herr Semmering plötzlich.

Für Augenblicke war alles unklar. Der andere trank seine Coca-Cola-Büchse leer, und Herr

Semmering, der überzeugt davon war, daß er seine Worte nicht zurücknehmen konnte, mußte ja nun, da der andere hartnäckig schwieg, etwas hinzufügen. Aber was sollte er sagen! Er griff in die Brusttasche.

»Nehmen Sie nur«, sagte er und hielt zwei Tausend-Mark-Scheine in der Hand. Der Fremde ließ die Büchse fallen, und während er hinter der Plastikfolie verschwand, streckte ihm Herr Semmering immer noch das Geld hin.

»Nehmen Sie«, rief er. »Oder wenn Sie einverstanden sind... Ich lege es unter diesen Stein. Und Vertrauen gegen Vertrauen«, fügte er hinzu, dann, er hatte sich gebückt, es brauchte nur eine Handbewegung, waren die Scheine unter einem Stück Schiefer verschwunden.

16

Zwei nagelneue Tausend-Mark-Scheine! Und einem Fremden ohne Zögern angeboten! Was, um Gottes willen, hatte Herr Semmering damit gemeint! Der Bankangestellte staunte, als er am nächsten Tag gebeten wurde, das gesamte Geld, das Herr Semmering auf dem Konto hatte, auszuzahlen.

»Und bitte in kleinen Scheinen«, sagte Herr Semmering, sah zu, wie der Kassierer, der Mühe hatte, die sechstausend Mark in Hundert- und in Fünfzig-Mark-Scheinen zusammenzusuchen, wie dieser, nachdem er endlich alles gebündelt hatte, nochmals nachzuzählen begann.

Herr Semmering verstaute das Geld in einem großen Kuvert und für Augenblicke war er damit beschäftigt, auf der Rückseite eines Bankformulars ein paar Worte zu notieren, offenbar eine Nachricht. Er achtete darauf, daß ihm niemand über die Schulter sah, korrigierte mehrmals, was er geschrieben hatte, und eine halbe Stunde später sah man ihn, wie er, das Kuvert mit den Banknoten gegen die Brust gepreßt, auf den Bus der Linie 218 wartete. Er setzte sich auf eine der hinteren Bänke, trommelte mit den Fingern gegen die Nackenstütze, und nachdem er den Grunewaldturm erreicht hatte, ging er die wenigen Schritte über die Chaussee hinaus in den Wald hinein. Als er zurückkam, hatte er, vielleicht, weil ihm warm geworden war, den Mantel aufgeknöpft. Er pfiff leise vor sich hin, und er hatte das Kuvert nicht mehr bei sich.

Am Abend verhandelte er mit einem Ehepaar, das offensichtlich gekommen war, um sich den Barocktisch anzusehen. Das Ganze war ihm gleichgültig, aber er blieb höflich, beantwortete, indem er am Fensterbrett stand, bereitwillig alle Fragen, meinte zuletzt:

»Falls Sie Interesse haben, bis übermorgen bin ich zu erreichen.«

Nachdem er wieder allein war, setzte er sich an eben diesen Tisch und nahm sich den Schuhkarton vor. Behutsam und als müsse er sich Zeit lassen, etwas zu überdenken, ging er nochmals den Stapel mit den Passepartouts durch. Die Landschaften ließ er unbeachtet, ebenso die Ansicht mit dem Backsteingebäude und der Treppe, wo er selbst, unter anderen Kindern seines Alters, zu sehen war. Das Porträt des Uniformierten betrachtete er eine Weile, dann, er hatte auch dieses in den Karton zurückgelegt, blieben ihm nur noch das Foto aus der Druckerei in der Fasanenstraße, das er in die Jackentasche schob, und das bunte Stück Glanzpapier, das Frau Förster mit ihren Kindern zeigte.

Als er müde war, legte er sich aufs Sofa, nur die Schuhe streifte er ab. Er schlief eine Stunde, dann war er hellwach, und ein kurzes, heftiges Grübeln überkam ihn, darüber, ob er auch alles richtig bedacht hatte.

»Es ist alles in Ordnung«, murmelte er, und allein die Gewißheit, daß er demnächst, wenn nicht heute, so doch morgen oder übermorgen, wieder vom Grunewaldturm zum Teltower Weg bis zum Jagen 90 unterwegs sein würde, diese Gewißheit schien ihn zu beruhigen.

17

Ja, das Jagen 90! Wie oft hatte Herr Semmering dieses flachgehaltene, steppenartige Rechteck betreten und wie oft hatte er darüber gestaunt, daß hier nicht nur die Vegetation, sondern auch der Himmel, so schien es ihm jedenfalls, ein anderer war.

›Irgendwie ist es hier länger hell‹, dachte er, ›und man atmet besser.‹

Auch glaubte er zu spüren, daß er, sowie er die aufgerissene Spur, die den Reitweg auswies, hinter sich hatte, daß er auf dem grellgrünen Moos, obwohl der Untergrund nachgab, rascher vorankam. Sicher, ein gewisses Aufatmen war selbstverständlich, wenn man aus dem Halbdunkel der Lärchenschonungen oder den unübersichtlichen, mit Grundwasser angefüllten Verwerfungen plötzlich ins Freie hinaustrat. Aber dies konnte die Hochstimmung nicht erklären, von der Herr Semmering, wie eben jetzt, regelmäßig erfaßt wurde.

Er hatte die beiden Nächte, die ihm verblieben waren, kaum geschlafen, hatte der Haushälterin eine Notiz hinterlassen, daß sie die Bonsai wegwerfen sollte. Er selbst hatte den Schuhkarton mit den Passepartouts neben den Mülleimer gestellt. Als es gegen Abend an der Wohnungstür klingelte, hatte er nicht geöffnet, und am nächsten Morgen musterte er nochmals mit einem kurzen Blick Küche und Wohnzimmer. Dann, er hielt schon den Mantel in der Hand, sah er das Foto mit der Frau Förster und den Kindern neben dem Tisch auf dem Fußboden liegen. Dies wollte er so nicht haben, also hob er es auf, ging zum Fensterbrett und lehnte es gegen die Scheibe.

Als er auf die Straße hinaustrat, bemerkte er, daß es nieselte. »Unwichtig«, murmelte er, mußte seine Bemerkung nicht bereuen: Bald riß der Himmel auf und man sah die Januarsonne. Herr Semmering war versucht, den Schal zu lockern oder wenigstens den Kragenknopf zu öffnen. Er ließ es sein, meinte, daß jetzt nicht die Zeit sei, sich Bequemlichkeiten zu erlauben. Er ging, obwohl es mühsam war, den aufgewühlten, sandigen Reitweg entlang, und er zögerte, ehe er in Richtung auf die umzäunte Parzelle sah.

›Es genügt ein Blick‹, dachte er. ›Der Stein deckt das Kuvert nur ungenügend ab, und wenn auch diesmal das Geld fehlt, ist er einverstanden.‹ Er vertraute darauf, daß er die Zeit bis zum Einbruch der Dunkelheit für einen Spaziergang würde nutzen können. ›Vielleicht über den Großen Stern hinaus‹, dachte Herr Semmering, und eine halbe Stunde später war er schon jenseits der Autobahn und sah den Waldarbeitern zu.

Sie hatten Pferde vor ein dickes Seil gespannt, um junge Wildkirschen aus dem Boden zu reißen, und jetzt erst bemerkte Herr Semmering, wie durchsetzt der Kiefernwald mit diesem Unterholz war. Überall hatte man die freigelegten Stubben zu Haufen aufgeschichtet, und die Pferde wirkten, als hätten sie, da niemand sie antrieb, unendlich viel Zeit. Es waren Kaltblüter, imposante, überaus stämmige Tiere, wie man sie früher als Brauereipferde benutzt hatte. Es dauerte, ehe sie sich in Bewegung setzten, und das gespannte Seil schien sich wie ein Gummi allmählich in die Länge zu ziehen.

›Erstaunlich‹, dachte Herr Semmering, ›daß sie mit dieser Sanftmut etwas bewirken.‹

Im Südwesten, dort, wo die Sonne untergegangen war, gab es einen hellen Schein, und Herr Semmering überlegte, ob es sinnvoll wäre, noch die wenigen hundert Meter bis zum Schlachtensee zu gehen. Es war Zeit umzukehren. ›Und bis zur

Dunkelheit‹, dachte Herr Semmering, ›muß ich das Jagen 90 wieder erreicht haben.‹

Er ging rascher, wunderte sich, daß es kaum dämmerte. Fast übergangslos wuchsen die Schatten, der Wald war keine zwanzig Meter mehr zu durchschauen, und Herr Semmering machte noch einen Bogen um den dichtgepflanzten Fichtengürtel, der das freie Feld von Osten her eingrenzte. Er wußte ja nun, wo die Parzelle am bequemsten zu betreten war, hatte die Stelle mit dem niedergerissenen Maschendraht mehrmals passiert, also stieg er auch diesmal darüber hinweg, und nachdem er die Brombeerhecke hinter sich gelassen hatte, setzte er sich ohne Umstände auf einen Baumstamm, den man vor die Plastikfolien gerollt hatte. Er zog sein Taschentuch hervor, wischte sich über die Stirn, die mit feinen Schweißperlen übersät war, dabei streckte er den linken Fuß aus und berührte mit der Schuhspitze das Stück Schiefer, das, darüber bestand kein Zweifel, zur Seite gerückt worden war. Und keine Spur mehr von dem Kuvert. Und die Plastikfolien mit dem Astwerk hatte man niedergetreten.

›Gut so‹, dachte Herr Semmering, deutete dies als Umsichtigkeit und wieder fiel ihm der Satz ein, den er vor Tagen dem Unbekannten zugerufen hatte: Vertrauen gegen Vertrauen.

Es war alles still. Man hörte von fern, durch den Wald gedämpft, das Rauschen der Autobahn, aber Herr Semmering wußte nicht zu sagen, ob es der Wind war, die Enden der Folien begannen leicht zu flattern. Irgendwo hämmerte ein Specht. ›Auch dies‹, dachte Herr Semmering, ›könnte eine Täuschung sein.‹ Er hielt den Kopf gesenkt und schien auf etwas zu warten. Es dauerte eine Weile. Bewegungslos saß er da, und einmal nur drehte er, vorsichtig, als hätte er Grund, dies zu unterlassen, seinen Kopf und sah hinter sich in das Gestrüpp.

›Geduld‹, dachte Herr Semmering. ›Es ist noch nicht dunkel genug‹, und wieder saß er bewegungslos, wieder hielt er den Kopf gesenkt, bis auch der letzte Anschein von Helligkeit, der sich im Jagen 90, und eben nur hier, länger als anderswo hielt, aufgebraucht war. Jetzt erschien der Sternenhimmel in aller Deutlichkeit, und sicherlich gab es Frost, und Herr Semmering begann zu frieren. Worauf er wartete? Diese Frage, so glaubte er immer noch, würde sich in der nächsten halben Stunde erledigen.

Gegen drei Uhr morgens, er rieb die Knie gegeneinander, hatte die Hände in den Manteltaschen vergraben, gegen drei Uhr morgens hörte er, ganz nahe bei sich und dann wieder, als geschähe es weiter weg, ein Geräusch. Es war ein feines, regelmäßiges Klirren, das sofort verschwand, wenn er die Knie stillhielt. Herr Semmering tastete mit den Händen das Jackett ab, faßte zurück in den Mantel und erst, als er wie zufällig seine rechte Hosentasche berührte, bemerkte er, daß es der Schlüsselbund zu seiner Wohnung war.

Schnitzlers Würgeengel

I

Als Schnitzler im Herbst des Jahres 1931 die Villa in der Sternwartestraße betrat, meinte er, im Hintergrund des Korridors, dort, wo es beinahe dunkel war, einen Schatten zu sehen. Eigentlich etwas Helles, Hochaufragendes, als stünde dort jemand, aber es war eine Anwandlung, die sofort wieder verschwand. Die Treppe zu dem Zimmer, in dem die Chaiselongue stand und in dem das große Fenster, wohl der späten Sonne wegen, hochgeschoben war, die Treppe machte ihm keine Mühe, obwohl er dies befürchtet hatte, und er war irgendwie erleichtert, als er, wie es seine Gewohnheit war, auf der Chaiselongue Platz genommen hatte, die rechte Hand auf die Lehne gestützt, die Füße gegen den Boden hin ausgestreckt. Er sah in den Garten hinaus, sah, daß sich die Beeren der Eberesche einzufärben begannen und daß der Kirschlorbeer unter der Trockenheit litt. Er zeigte sich besorgt darüber, daß der Gärtner vergessen hatte, die Schläuche über den Rasen zu ziehen. Dann sprach er von seiner Überfahrt nach Venedig und daß das Wetter angenehm gewesen sei.

»Irgendwie unentschieden«, sagte er. »Der Himmel war bedeckt, ein leichter, kühler Wind kam von der Lagune her, nur das Motorboot hatte ein unangenehmes Vibrieren.«

Von seiner Tochter sprach er kein Wort. Nur einmal erwähnte er den Namen Arnoldo, erklärte, daß damit der Schwiegersohn gemeint war, und es gab Augenblicke, da sah er mich prüfend an. Aber was wäre ich ihm schuldig gewesen? Ich wußte nicht, warum er vor drei Jahren so überstürzt und fassungslos unterwegs gewesen war, und solange er schwieg oder immer nur Andeutungen machte, sah ich keinen Grund und auch keine Möglichkeit, mich näher danach zu erkundigen.

Den nächsten Tag über war er in der Bibliothek beschäftigt. Ich ging in den Garten, wo ich die Büsche zu wässern begann. Er nahm es dankbar zur Kenntnis.

»Essen wir heute zusammen?« fragte er, als ich wieder im Zimmer saß.

Vom Eingang her hörte man ein Räuspern, dann kurze, energische Schritte, ein plötzliches Hantieren, offenbar hatte die Haushälterin den Flur betreten. Schnitzler hob den Kopf und lächelte, tat, als wollte er ihr über die Distanz hinweg etwas zurufen. Eine Tür schlug zu, in der Küche wurde der Wasserhahn aufgedreht.

Nach dem Mittagessen, es gab Siedfleisch, kleine, wie abgezirkelt wirkende Portionen auf großen Tellern, nach dem Mittagessen bot Schnitzler mir eine Zigarre an, ließ die Kiste geöffnet, sah zu, wie ungeschickt ich mit dem Anschneider hantierte. Als die Zigarre in Brand gesetzt war, hatte ich Hemmungen, den Rauchschwaden freien Lauf zu lassen, versuchte, ihnen mit der Hand eine andere Richtung zu geben. Dies schien ihn zu amüsieren. Er beugte sich nach vorn, wollte etwas sagen, und als ich dabei war, darauf einzugehen, stand er auf und verließ, indem er versicherte, daß er sofort wieder zurück sein würde, das Zimmer.

Es war Anfang Oktober, und das Fenster, das nach Südosten lag, bekam um diese Zeit nur noch ein fahles, durch die hohen Bäume abgeschwächtes Licht. Weiter nach rechts zu, wo die Regale standen und wo alles holzgetäfelt war, hätte man, um in den herumliegenden Büchern zu lesen, die Stehlampe benutzen müssen, jenes gußeiserne, staksige Gebilde auf Greifenfüßen. Die Tür zum Nebenzimmer war halb geöffnet, und auch hier hatte ich, je länger ich versuchte, Einzelheiten zu erkennen, den Eindruck, daß es im Haus übermäßig dunkel war. Nur der Holzboden glänzte, als würde er von irgendwoher zusätzliches Licht bekommen, aber wohin ich auch sah, es gab nichts als dieses eine Fenster.

Die Zigarre war halb aufgeraucht, und da ich den starken Tabak nicht gewohnt war, löschte ich die Glut, indem ich sie in das halbvolle Weinglas tauchte. Ich trat auf die Treppe hinaus, und nun sah ich, daß Schnitzler auf dem Korridor im Parterre beschäftigt war. Er ging hin und her, verschwand in Richtung der hinteren Räume, die ich, da das Geländer im Weg war, nicht überblicken konnte, und regelmäßig kam er zurück, ging auf die Eingangstür zu, die geöffnet war, aber er trat nicht, was er zu beabsichtigen schien, über die Schwelle. Vielmehr blieb er stehen und musterte den Türrahmen.

2

»Mir ist nicht übermäßig wohl, aber wir wollen hoffen, daß es wieder einmal Übergänge sind – wenn man nur wüßte, wohin – (oder lieber nicht) –.«

Dies stand auf einer Postkarte, die, vielleicht weil die Haushälterin vergessen hatte sie mitzunehmen, auf dem Garderobentisch lag, und ich war taktlos genug, die kurzen Zeilen zu lesen. Am

Nachmittag war die Karte verschwunden und Schnitzler zeigte sich für einige Minuten gesprächig, das heißt: Er stand plötzlich mitten im Raum, wartete, bis ich die Zeitung zur Seite gelegt hatte. Er musterte mich, ihm war die Art, wie ich mich kleidete, fremd, und besonders das Aufgedruckte auf meinem T-Shirt schien ihn zu interessieren. Es waren einige Worte auf Englisch.

»Sehr sportlich«, sagte er. »Ich erinnere mich, daß ich in dieser Gegend, bis zur Türkenschanze hinauf, als erster auf einem Fahrrad gefahren bin. Ich habe auch ganz gut Tennis gespielt.«

Dann war er wieder mit dem Garten beschäftigt und mit der Sorge, der Gärtner könnte die Verabredung vergessen haben.

»Das Laub«, sagte er, »und das abgeschnittene Buschwerk, es muß auf einen Haufen getragen und verbrannt werden.«

Gegen Abend endlich erschien der Gärtner, eine vierschrötige, die Arme gegen das Fenster hin aufreckende Gestalt. Er trug eine Schiebermütze und war sehr laut, als er Schnitzler begreiflich machen wollte, daß jetzt alles in Flammen aufgehen würde, und tatsächlich: Kurz darauf loderte das trockene Zeug beinahe bis zu den Baumkronen auf, und der Gärtner schleppte, was lose herumlag, hastig zusammen. Dies geschah bis zur völligen Dunkelheit, dann war er wieder verschwunden, und nun war da, wie zu einem Dreieck angeordnet, noch lange ein Glimmen, das nachbrannte, und man sah, wie eng der Garten war und daß hinter den Sträuchern schon der Zaun begann.

Schnitzler brachte Unruhe ins Zimmer, indem er in die Garderobe hinaustrat. Offenbar wollte er in den Garten gehen, aber warum er es unterließ, wußte ich nicht zu sagen. Er war sofort zurück, legte den Mantel über eine Stuhllehne, stand am Fenster, hielt es dort nicht lange aus, wieder hatte er den Mantel in der Hand, und erst als das Glimmen draußen kaum noch zu erkennen war, wurde er ruhiger. Er zog sich zurück, indem er mir eine gute Nacht wünschte.

3

»Hätten Sie Lust, mit mir auf den Kahlenberg zu gehen? Man sieht von dort über ganz Wien hinüber. Oder fahren wir nach Klosterneuburg, ich wüßte ein gutes Restaurant.«

Strahlend stand Schnitzler vor mir, wippte mit den Zehenspitzen auf und ab, und er hatte sich für sein Alter etwas zu elegant gekleidet. Er trug einen hellen Anzug mit dunkelbrauner Weste, dazu einen Strohhut, den Spazierstock hatte er in die Armbeuge geklemmt.

»Gehen wir also«, sagte er. »Das Wetter ist günstig, es soll aber gegen Abend regnen.«

Als wir auf der Treppe waren, rückte er seine Krawatte zurecht. Zwei, drei flüchtige Handgriffe, er hatte es eilig, aus dem Haus zu kommen, drängte mir regelrecht nach, dann war ich schon auf dem Kiesweg, aber Schnitzler, indem er mit dem Spazierstock hin- und herpendelte, blieb vor der Schwelle der Eingangstür stehen.

Er hätte etwas vergessen, sagte er und lächelte.

Wenig später stand er mit einem Regenschirm an der gleichen Stelle wieder da, und nun schien er zu überlegen, ob er den Spazierstock, der überflüssig war, ablegen sollte. Er lehnte ihn gegen den Türrahmen, und was folgte, war merkwürdig. Er überprüfte vor der geöffneten Eingangstür den Regenschirm, indem er ihn auf- und zuklappte. Ich sagte ihm, er solle den Schirm weglassen, es würde bestimmt nicht regnen, aber er, der doch ungeduldig gewesen war, aus dem Haus zu kommen, tat, als könne er mit dem offenen Schirm nicht ins Freie gelangen, und tatsächlich: Der Schirm war breiter als die Tür, aber dies hatte nichts zu bedeuten, er hätte ihn jederzeit zuklappen können. Ratlos ließ er die Arme hängen, schob mit dem rechten Fuß die Tür langsam, als hätte er Grund vorsichtig zu sein, bis auf einen Spalt breit zu, und als ich fragte, was er denn hätte und versicherte, daß ich bereit wäre, ja warum nicht, mit ihm spazierenzugehen, war er schon über die Treppe hinaus verschwunden.

Am Nachmittag sah ich ihn wieder, hatte aber den Eindruck, daß er ungestört sein wollte. Er stand am Pult, kritzelte etwas auf einen Zettel, dann ging er zum Klavier, wo er über ein Thema von Gustav Mahler improvisierte. Die Sonne schien ins Zimmer, so daß er, wie das Klavier, in ein gleißendes Licht getaucht war, während das Halbdunkel, das die Räume der Villa beherrschte, sofort in seinem Rücken wieder begann.

Ich stand in der Nähe und hörte ihm zu, was ihm, als er es bemerkte, zu mißfallen schien. Rasch schloß er den Deckel über der Tastatur, legte das Notenheft beiseite, und der Blick, den er mir zuwarf, wirkte verärgert und als wäre da eine Kränkung, die er nicht akzeptieren wollte.

4

Am nächsten Morgen, ich hatte zwei Sessel zusammengeschoben, hatte mir aus meiner Jacke ein Kissen geformt, hatte aber vergessen, die Stehlampe auszuschalten, am nächsten Morgen stand Schnitzler vor dem Provisorium, auf dem ich geschlafen hatte, und er sagte überaus sanft:

»Ich möchte Sie bitten, da wir nichts zum Frühstück im Haus haben, dieses Netz hier zu nehmen. Halten Sie sich links«, sagte er, »der Bäcker ist keine zwei Querstraßen entfernt.«

Er ließ mir kaum Zeit, mich im Bad zu waschen und zu kämmen, und als ich die Eingangstür in meinem Rücken schließen wollte, hielt er die Klinke fest.

»Lassen Sie nur«, sagte er, blieb im Türrahmen stehen, sah mir, ich verließ den Kiesweg, nach, und ich war sicher, daß er nun zu den ausgebrannten Haufen hinaustreten würde, um zu überlegen, was mit der Asche geschehen sollte.

Als ich zurückkam, stand er immer noch da, hielt, wie vorhin, die Türklinke mit der Hand umklammert, überhaupt wurde ich den Eindruck nicht los, daß er während der Viertelstunde, die ich beim Bäcker verbracht hatte, irgendwie regungslos geblieben war.

In der Küche schnitt er umständlich die Brötchen in zwei Hälften, holte Butter und Marmelade herbei, ich kochte Kaffee. Wir schwiegen, während wir frühstückten, und ich spürte, daß er meine Anwesenheit höflich gelten ließ. Irgendwann, er hatte sich mit seinem Taschentuch die Finger abgewischt, irgendwann zog er ein schmales Buch hervor. Er machte ein nachdenkliches Gesicht, so, als hätte er seit langem vorgehabt, mir etwas Wichtiges mitzuteilen.

»Ich habe mir abgewöhnt«, sagte er, »in meinen Büchern zu lesen. Denn was man so geschrieben hat... Ich habe immer geglaubt, es seien die großen Anstrengungen oder der lange Atem, der einem bis zuletzt Sicherheit gibt. Dies dagegen, ich erinnere mich, waren keine fünf Bögen.«

Dabei blätterte er in dem Buch, indem er die Seiten mit dem Mittelfinger fast ineinanderschob. Er begann vorzulesen. Das ganze dauerte eine halbe Stunde, die er mühelos und ohne sich einmal zu versprechen durchhielt.

»Die Fremde«, sagte er noch, dann klappte er das Buch wieder zu.

Ich bedankte mich, wußte aber nicht so recht, was ich sagen sollte. Es kam auch nicht dazu, weil Schnitzler mir sofort den Rücken zuwandte und mit einer Bemerkung, die ich nicht verstand, die

Küche verließ. Und nun war alles still, man hörte auch die Schritte nicht, die man gewohnt war, wenn er die steile Treppe hinauf in sein Zimmer ging.

Ich nahm das Buch auf, das er liegengelassen hatte. Es war mit Bemerkungen übersät, und da die Schrift ungewöhnlich klein gehalten war, konnte ich nur einzelne Worte entziffern. »Hybrid«, las ich und: »Das kommt davon«, und am Schluß, deutlicher, beinahe in Druckbuchstaben und über eine leere Seite hinweg: »Es bleibt nun einmal ein unheimlicher Gedanke, daß in dem Tagesablauf des Jahres, auf das wir zurückblicken, unbedingt auch das Datum unseres Todes enthalten sein muß.«

Zum Mittagessen war ich allein. Alles war, wie sonst, fertig serviert: Zwei Gedecke, Wein, Wasser, Brot. Ich wartete, ob Schnitzler nicht doch noch erscheinen würde, überlegte, ob ich das Recht hätte, ohne ihn anzufangen, und als sich lange nichts rührte, griff ich zu, aß etwas von dem Gemüse, trank aber keinen Wein. Zuletzt, vielleicht weil ich mich unwohl fühlte, fiel ich gierig über das Schüsselchen mit dem Pudding her. Ich schob meinen Teller samt Besteck an die äußerste Tischecke, stellte das leere Schüsselchen dazu. Ich ging im Zimmer auf und ab, und je länger dies dauerte, desto unmöglicher wurde mir der Anblick der leeren Gläser und daß ein Gedeck, die Serviette säuberlich in den Ring gesteckt, immer noch unberührt war.

Ich hörte den Gärtner rufen. Ich ging hinaus, sah, wie sich der vierschrötige Mann mit ausgestrecktem Arm an der Mauer abstützte, und als ich ihn fragte, was er für ein Problem hätte, ließ er mich unbeachtet. Er rief immer nur nach dem Herrn Professor, gab sich keine Mühe, seine Haltung, die unverschämt wirkte, zu korrigieren, und für Augenblicke war es, als würde sich im obersten Stock jemand zeigen. Ich hatte mich geirrt. Da war niemand, und nun ging der Gärtner, leise fluchend, und wieder, indem er mich nicht beachtete, zu einem Schuppen. Er kramte Gerätschaften hervor. Ich sah ihm zu, sah, wie er mit der Hacke, oder war es ein Spaten, die Erde zwischen den Büschen aufzuwühlen begann, und es war eine stille Wut, die ihn trieb.

In der kommenden Nacht lag ich lange wach. Ich hörte auf die Geräusche im Haus, hier und dort ein Knacken, sicher war es das Holz der Dielen, das sich verzog, und ich versuchte auszumachen, wo genau, in welchem der Räume dies geschah. Ein unsinniges Bemühen, da ich mich im Haus nicht auskannte, aber ich wußte, daß

Schnitzler weiter oben, nach Norden zu, sein Schlafzimmer hatte, und irgendwie schien es mir selbstverständlich, daß auch er nicht schlief. Dann, gegen Morgen, ein Aufklatschen im Flur, als wäre etwas zu Boden gefallen.

›Wie rücksichtslos‹, dachte ich noch und schlief auf der Stelle ein.

5

Die Haushälterin kam früher als gewöhnlich. Eilig ließ sie in ihrem Rücken das Gartentor ins Schloß fallen, sah nicht auf, als sie den Korridor betrat. Ich wollte sie abfangen, um einige Fragen zu stellen. Sie ließ mir keine Gelegenheit. Lieblos, mit energischen, wie unwillig wirkenden Bewegungen schob sie in der Küche die Töpfe hin und her, klapperte mit dem Besteck, indem sie es auf einen Haufen warf, und auch hier hatte ich den Eindruck, daß sie, wie der Gärtner, ihre Ungeduld nicht verbergen konnte.

Wenig später sah ich, wie Schnitzler mit der Haushälterin leise redete, und daß dies am Ende des Korridors geschah, und wie er versucht war, den Arm um ihre Schulter zu legen, es aber unterließ, und wie die Haushälterin eilig und als hätte sie eine zusätzliche Arbeit zu erledigen, in den hinteren Räumen verschwand.

Am Nachmittag, ich wollte etwas ausruhen, hatte die beiden Sessel, damit sie nicht auseinanderrutschten, mit einem Kasten abgesichert, am Nachmittag war man im Erdgeschoß immer noch beschäftigt. Was dort genau geschah, konnte ich nicht erkennen. Ich sah nur, daß der Gärtner kleine Nägel in die Fußleiste schlug und daß die Haushälterin ihm Garn zureichte, das sie von einer Spule zog, und das der Gärtner, aber dies schien mir unwahrscheinlich, wie Stolperdrähte, kaum knöchelhoch, über den Parkettboden spannte. Auch war mir, als würde Schnitzler, obwohl ich ihn nicht sah, in der Nähe stehen, um Anweisungen zu geben. Denn hin und wieder korrigierte der Gärtner, was er getan hatte, und legte das Garn nicht der Länge nach, sondern quer und in mehreren Bahnen in Richtung gegen die Türschwellen hin.

Ich ging in mein Zimmer zurück, wollte vermeiden, daß irgendjemand, falls man mich entdeckte, gezwungen sein könnte, Erklärungen abzugeben, dann, man hörte noch einen gereizten Wortwechsel, trat dort unten Ruhe ein. Dies blieb bis auf weiteres so, und erst als es dunkel wurde, klopfte man an meine Tür. Es war die Haushälterin, die mir auf einem Tablett das Abendessen brachte. Sie war also, entgegen ihrer Gewohnheit, noch im Haus. Mit umständlichen Bewegungen stellte sie mir den Teller hin, goß Milchkaffee in die große Henkeltasse, und als ich mich nach Schnitzler erkundigte, schwieg sie, aber in einer Weise, als wäre da eine Absprache, an der sie beteiligt war, und als wünschte sie, niemand solle daran rühren.

Ich aß kaum etwas, trank den Kaffee, und irgendwie war da eine hartnäckige Ruhe, die ich zu spüren glaubte. Es war, als wären die Dinge um mich her, aber auch, was ich durch das Fenster hindurch erkennen konnte, die Baumkronen, die Wetterfahne auf dem Giebel des Nachbarhauses, als wäre dies alles wie stillgestellt. Ich wollte mit einem Blick in den Garten diesen Eindruck, der mir unangenehm war, loswerden, und nun sah ich den Gärtner und wie er, immer in der Nähe des Kirschlorbeers, auf- und abging. Er schien sich, so wie er die Schritte setzte und wie er die Arme baumeln ließ, zu langweilen. Dies ging eine Weile, dann sprang er, indem er noch rasch zu Schnitzlers Fenster aufsah, hinter den Kirschlorbeer, der, obwohl der Gärtner die Zweige berührte, kaum nachgab. Ich hatte alles im Blick, den Kiesweg, das freie Stück Rasen, das die Büsche umgab, auch die Richtung auf den Zaun zu, wo ich die Gartenpforte vermutete. Aber da war niemand, vor dem man hätte in Deckung gehen müssen, und doch blieb der Gärtner, mir völlig unverständlich, in seinem Versteck.

6

In der gleichen Nacht schlug das Wetter um. Es regnete bis in die Anhöhen zum Wienerwald hinauf, und obwohl kalte Luft durch die Ritzen der Türen und Fenster drang – im Haus wurde nicht geheizt. Der Gärtner war, wie die Haushälterin versicherte, im Keller gewesen, hatte den Ofen gesäubert, auch Koks war angeliefert worden. Bis zum Gewölbe hinauf lag, ganz unübersehbar, eine Menge, die für Monate gereicht hätte, aber der Gärtner ließ sich nicht blicken, und die Haushälterin bestand darauf, daß sie nicht verpflichtet sei, auch noch den Heizkessel zu bedienen.

»Es ist erst Mitte Oktober«, sagte Schnitzler, der, eine Decke über den Schultern, im Haus umherging, und ich wunderte mich, daß er so gelassen war, auch noch freundlich genug, mir, der ich keine Wintersachen bei mir hatte, einen Pullover anzubieten.

Im Korridor, den die Haushälterin wischte, keine Spur mehr von dem aufgespannten Garn, und Schnitzler zeigte mir das verbrauchte Knäuel, das an mehreren Stellen gerissen war.

»Sehen Sie«, sagte er und versuchte, das Knäuel, indem er an dem Garn zog, zu entwirren. »Für eine Nacht war alles gesichert, und hier ist der Beweis, daß jemand im Haus war.«

Er lächelte, war noch für Augenblicke mit den gerissenen Fäden beschäftigt. Ich erhob mich, ging an ihm vorbei, und Schnitzler, als würde er ahnen, was ich vorhatte, nickte mir einverständig zu. Ich verließ das Zimmer, ging die Treppe hinunter, überprüfte die Haustür, drehte sie in den Angeln hin und her, klopfte den Rahmen ab, war versucht, die Schrauben, die die Schwelle hielten, zu lösen, aber was ich auch tat, ich entdeckte nirgends etwas Verdächtiges. Auch konnte ich ungehindert, und so oft ich dies wollte, ein- und ausgehen.

›Warum nicht‹, dachte ich.

Unter der Treppe wirkte alles säuberlich aufgeräumt: Besen und Müllschippe, Staubtücher, von der Haushälterin griffbereit nebeneinandergelegt, ein Zinkeimer, gefüllt mit Seifenwasser. Im ersten Stock roch es nach frischem Obst. Hier hatte man, durch Vorhänge verdeckt, einen Korb mit

Äpfeln aufgestellt, und im obersten Stock stieß ich gegen einen Stuhl. Es war ein hochbeiniges, filigranes Jugendstilmöbel, und es wirkte, die Sitzfläche halb gegen die Wand gedreht, in dem kahlgehaltenen Flur wie verloren. Wo der Stuhl hingehörte, vielleicht in Schnitzlers Schlafzimmer, dies herauszufinden, hatte ich keine Veranlassung. Ein kurzer Blick durch die Luke, die sich leicht anheben ließ: Auch der Dachboden war übersichtlich und aufgeräumt. Man sah zwischen den gemauerten Schornsteinen hindurch bis in die äußersten Ecken.

»Da ist nichts«, sagte ich, als ich wieder bei Schnitzler war. »Auch nicht ein unübersichtlicher Winkel, in dem man hätte stöbern können. Das Haus liegt vor aller Augen offen da, und jetzt sollten wir, um einmal frische Luft zu atmen, auf den Kiesweg hinaustreten und ausgiebig spazierengehen.«

Eine halbe Stunde später war ich auf dem Kiesweg, und da Schnitzler wieder nicht über die Schwelle trat, mußten wir, um weiter miteinander reden zu können, die Stimme heben, und wenn ich hinter den Sträuchern verschwand, war dies kaum noch möglich. Sicher, er rief mir, was er zu sagen hatte, vom Eingang her zu, und ich antwortete ebenso, und doch hatte ich die Hoffnung, er würde, da ich unbeirrt und nicht ohne Hintergedanken die ganze Länge des Kieswegs nutzte, er würde, da eine Unterhaltung unter diesen Umständen schwierig war, doch noch neben mir auftauchen. Aber es kam nicht dazu, und ich wollte ihn keinesfalls nötigen.

Er war ohne Mantel, rieb, als würde es ihn wärmen, die Hände gegeneinander, und er trug eine Judenkappe, eine Kippa, buntbestickt, die seinen Hinterkopf bedeckte. Er bemerkte, wie erstaunt ich darüber war, blieb eine Weile stehen, sah in die Gegend, dann aber ging er ins Haus, und als er zurückkam, hatte er einen breitkrempigen Hut aufgesetzt. Nun wirkte er wie ein Bohemien, außerordentlich jung, nur die Haare konnten über sein Alter nicht hinwegtäuschen. Und warum hatte er sich umgezogen? Warum hatte er die Kippa, die ich noch nie an ihm gesehen hatte, verschwinden lassen?

Als ich wieder in seiner Nähe war, meinte er, er würde den Gärtner bitten, ein Bettgestell für mich vom Dachboden zu holen. Dort stünde allerlei herum, und die Sache mit den Sesseln, fügte er hinzu, sei doch nichts weiter als ein besseres Kampieren.

Bald darauf, der Gärtner hatte das Bettgestell vom Dachboden geholt, bezog ich das neue Zimmer. Alles wurde gründlich gewischt, die Haushälterin hatte, vielleicht weil Schnitzler es wünschte, einen Strauß Astern in die Vase gestellt. Hier, das Zimmer lag im ersten Stock, war ich ungestört, und es war angenehm zu wissen, daß ich Schnitzler, der im Giebelzimmer übernachtete, um einiges näher war.

7

Am nächsten Tag, ich war im Bad beschäftigt, hörte man ein Stöhnen, das von jenseits des Korridors kam. Ich ging ins Treppenhaus, sah mich um. Es dauerte eine Weile, ehe ich auf Schnitzler traf. Zunächst dachte ich, er wäre in seinem Zimmer, und ich mußte mich überwinden, jene letzten Stufen in den obersten Stock hinauf, die nur ihm vorbehalten waren, zu betreten. Aber an welche Tür ich auch klopfte, ich bekam keine Antwort. Endlich fand ich ihn. Er winkte mich zu sich und ich sah, wie unmöglich sein Zustand war. Er saß auf dem hochbeinigen Stuhl in der äußersten Ecke des Flurs, hielt die Knie gegen die Wand gepreßt, während der Oberkörper vornübergebeugt war. Und er atmete schwer. Er war ohne Hemdskragen, die Krawatte baumelte ihm lose am Hals.

»Es ist ein Würgeengel im Haus«, sagte er und fuhr sich mit der Hand vom Nacken aus bis zur Stirn immer wieder übers Haar.

Ein Würgeengel! Schnitzler erhob sich, drehte mir den Rücken zu, als hätte er meine Anwesenheit vergessen. Ein kurzer, zerstreuter, fast vorwurfsvoller Blick, und vor dem Treppengeländer blieb er stehen, hob den Kopf, als müsse er auf etwas achten. Ich fröstelte. Da im Haus immer noch nicht geheizt wurde, ging ich in den Keller, versuchte den Kessel in Gang zu setzen, aber was ich auch tat, der Koks wollte nicht brennen. Ich hatte nur Zeitungspapier und etwas Reisig zur Verfügung, und wenn ich mit dem Haken nachstocherte, entstand eine Rußwolke, die aus der Öffnung quoll.

»Sparen Sie sich die Mühe«, sagte der Gärtner, der im Kellergang auftauchte. Er hielt einen Stapel Birkenholz im Arm, schob mich mit einer Bewegung, die mich empörte, zur Seite, und er ließ mir keine Zeit, auf seine Ruppigkeit zu reagieren. Wie, als hätte er nie etwas anderes getan, warf er, kaum daß das Birkenholz brannte, den Koks auf einer breiten Schaufel nach, blies mehrmals, und indem er sich bückte, in das Feuerloch hinein.

›Völlig unangemessen für die schmale Öffnung‹, dachte ich, dann loderten überall Flammen und der Koks begann Glut zu fassen.

Als der Gärtner fertig war, griff er nach einem Stück Stoff, um sich Ruß von den Händen zu wischen, und ich sah, daß es die Kippa war, die er benutzte, jene Kippa, die Schnitzler für kurze Zeit, als er hemdsärmelig in der offenen Haustür stand, getragen hatte. Ich wollte ihn zur Rede stellen. Der Gärtner sprach kein Wort, ja er gab mir allein durch seine Anwesenheit und dadurch, daß er mit betonter Ruhe die Kippa zu einem Lappen zusammenzulegen begann, er gab mir unmißverständlich das Gefühl, dieser Raum hätte keinen Platz für zwei.

Für Augenblicke kam es mir vor, als würde er, während er so abgewandt war, darüber nachdenken, wo und zu welcher Zeit er mich schon einmal gesehen haben könnte. Dies war nicht möglich und doch war da so etwas wie eine vertraute Abneigung, die wir aneinander hatten.

»Was sollen wir noch heizen. Es muß schließlich alles ein Ende haben«, sagte er plötzlich, sah mir ins Gesicht, machte eine Miene, als wäre er bereit, seiner Bemerkung, falls ich widerspräche, Nachdruck zu verleihen.

8

Als ich den Keller verlassen hatte, fühlte ich mich immer noch bedroht von der allzu engen Nähe dieses Mannes. ›Man hätte ihn aus dem Haus weisen müssen‹, dachte ich, wunderte mich über die Nachsicht Schnitzlers und daß er den Gärtner, wie die Haushälterin, als er das Garn spannen ließ, ins Vertrauen gezogen hatte. Und warum war ich so unentschlossen? Hätte ich nicht augenblicklich zu Schnitzler gehen müssen, um ihm zu sagen, daß der Gärtner seine Kippa als Putzlappen benutzte!

Ich hörte, wie der andere Koks nachwarf, schon stieg heiße Luft von den Heizkörpern auf, es wurde unerträglich warm im Haus. Ich ging durch die unteren Räume, drehte die Ventile zu, sah, daß ein Abrißkalender an der Wand hing. Es war der 19. Oktober. ›Ich habe mein Zimmer nicht aufgeräumt‹, dachte ich, und als ich den ersten Stock erreicht hatte, sah ich, daß dies längst geschehen war. Alles, was man mir zur Verfügung gestellt hatte, der kleine Teppich, die Kommode, das Bettgestell, war wieder verschwunden. Das Bettzeug war, wie zum Lüften, über das Fensterbrett gehängt, und ich sah, daß auch mein Koffer, eigentlich eine umgerüstete Arzttasche, fertiggepackt mitten im Raum stand. Irgendjemand wollte mich, kaum daß ich das Zimmer bezogen hatte, wieder verabschieden.

Zunächst hatte ich vor, den Gärtner zu rufen, mir fiel ein, wie unsinnig dies war. ›Also die Haushälterin‹, dachte ich, sie, die jeden Tag und für alle sichtbar das Haus betreten hatte, um das Mittagessen zu kochen, sie, mit der Schnitzler immerhin, ich hatte es beobachtet, in irgendeinem Einverständnis gewesen war, ›sie wenigstens‹, dachte ich, ›muß irgendwo erreichbar sein.‹

Aber wo ich auch nachsah, ich fand sie nirgends. Und auch in der Küche, wo es nach Bohnerwachs roch und die Fenster waren abgedunkelt, auch hier herrschte, so wie im Flur oder in meinem Zimmer, eine unerwartete, penible, wie endgültig wirkende Ordnung. Die Herdplatten waren frisch geputzt, die Töpfe und Pfannen in der Stellage aufeinandergestapelt, keine Spur von Asche mehr in dem Emailleeimer. Im obersten Stock stieß ich mit dem Knie gegen jenen hochbeinigen Stuhl, den man, obwohl er im Weg stand, nicht weggeräumt hatte.

»Machen Sie sich nichts draus.«

Es war Schnitzlers Stimme, und nun sah ich, ich hatte die Tür zu seinem Zimmer, die lediglich angelehnt war, aufgestoßen, nun sah ich, daß er auf seiner Chaiselongue saß. In der linken Hand hielt er einen Bleistift.

»Nehmen Sie meine vorübergehende Schwäche nicht allzu ernst«, sagte er. »Seit ich gezwungen war, nach Venedig zu fahren, geht mir kaum noch etwas von der Hand.« Er sprach davon, daß er seine Tochter in dieser Stadt verloren hätte. »Nach einem völlig unbeträchtlichen Wortwechsel, der nebenbei erledigt war, sie wollten beide, neun Uhr abends, spazierengehen, zieht sie sich für ein paar Augenblicke zurück. Ein Schuß, sie hat sich mit Arnoldos Pistole ins Herz geschossen.«

Dies sagte er, aber ohne falsche Rührung und immer, indem er mit dem Bleistift kleine Kreise in die Luft malte.

Ob ich mich in seinem Hause wohlfühlen würde, wollte er wissen.

»Aber ja doch«, antwortete ich.

Ich wollte mich verabschieden, erwähnte, daß meine Sachen bereits gepackt waren, verschwieg, daß dies gegen meinen Willen geschehen war.

»Warten Sie«, sagte Schnitzler und hatte plötzlich das schmale Buch in der Hand, das schmale Buch, aus dem er mir vorgelesen hatte. »Sie kennen den Text«, sagte er. »Er scheint kaum der Rede wert. Es ist auch nichts weiter, außer daß eine Frau ihre Konturen verwischt. Und was merkwürdig ist: Ich finde nirgends beschrieben, wie sie eigentlich aussieht. Oder irre ich mich?«

Damit hielt er mir das Buch hin, und es war unverkennbar, daß er mich aufforderte, seinen Eindruck zu überprüfen. Ich tat ihm den Gefallen, las Abschnitt für Abschnitt aufmerksam durch, während er, Schnitzler, den linken Ellbogen aufgestützt, auf der Chaiselongue sitzen blieb und wartete. Zunächst hatte ich Mühe, über die Kommentare hinwegzusehen, die er auf den Rändern der Seiten, aber auch über einzelne Zeilen hinweg, notiert hatte. Es waren Selbstbezichtigungen und Vorahnungen, über deren düstere Stimmung ich schon einmal irritiert gewesen war.

»Sie trägt einen grauseidenen Sonnenschirm«, sagte ich schließlich.

»Das ist aber auch alles«, antwortete Schnitzler, und ich spürte, daß er noch etwas hinzufügen wollte, etwas, weswegen er sich genierte und von dem er wünschte, es hätte, ohne daß es ausgesprochen war, schon meine Zustimmung.

Für das Mittagessen ließ er sich entschuldigen. Es war nur selbstverständlich, da die Küche aufgeräumt blieb. Im Eisschrank gab es genügend Vorräte. Ich aß ein Stück trockenes Brot, trank ein halbes Glas Rotwein. Ich hörte Schnitzlers Schritte, der, als er an der Tür vorbeiging, zu mir hereinsah und mir aufmunternd zunickte. Dann ging er zur Konsole, wo das Telefon stand, und ich hörte, wie er das Amt verlangte. Wie lange er sprach, wußte ich nicht zu sagen. Ich wußte nur, daß es mir, das Telefon stand in der Nähe des Hauseingangs, unmöglich sein würde, an Schnitzler vorbeizukommen. Zwei-, dreimal verließ ich die Küche, um wieder zurückzukehren, und als nichts mehr zu hören war, als ich meinte, der Korridor und damit der Weg zum Hauseingang sei endlich frei, war es dunkel und ich hatte mich entschlossen, noch diese eine Nacht zu bleiben.

An Schlaf war nicht zu denken. Wohin hätte ich mich zurückziehen können? Ich ging, meine Arzttasche in der Hand, unentschlossen hin und her, und ich spürte das kleine Bändchen, das Schnitzler mir gegeben hatte, in der Jackentasche. Ich hatte es vergessen, wollte es, was korrekt gewesen wäre, in die Bibliothek zurücktragen. Ich zögerte. Mir fiel Schnitzlers Bemerkung wieder ein. Was hatte er gesagt? »Merkwürdig, ich finde nirgends beschrieben, wie sie eigentlich aussieht. Oder irre ich mich!«

›Warum‹, dachte ich jetzt, ›war ihm dies so wichtig?‹ Die Fremde… Sie trug einen grauseidenen Sonnenschirm und nie sah man ihr Gesicht, und dennoch hatte ich keine Mühe, sie mir vorzustellen: Wie sie vor der Statue des Theoderich stand oder wie sie am Fenster saß und hinaussah und mit einer müden Geste, wie abwesend, die Heiratsanträge der Männer entgegennahm. ›Jener Männer‹, dachte ich, ›die ausnahmslos, bis auf einen, ihre Umarmung nicht überlebt haben.‹

Und während ich dies dachte, meinte ich, dort, wo der Flur fensterlos und nur spärlich von einer Wandlampe beleuchtet war, einen Schatten zu sehen. Eigentlich etwas Helles, Hochaufragendes, als stünde dort jemand. Gleichzeitig bemerkte ich, daß es von irgendwoher zog. Es war eine feine, angenehme Luftbewegung, die von unten her bis zu den Kniekehlen reichte, stärker wurde, ein plötzliches Pfeifen und Rütteln, ich mußte mich festhalten. Es war eine Anwandlung, die sofort wieder verschwand. Ich öffnete den Hemdskragen, spürte, wie der oberste Knopf absprang und über den Holzboden rollte, aber anstatt mich danach zu bücken, tastete ich mit den Fingern den gerissenen Faden ab. Ich sah, daß über der Schwelle zu Schnitzlers Zimmer ein Lichtschein war, hörte ein Räuspern, dann das Rascheln von Papier.

›Er arbeitet‹, dachte ich, nahm die Tasche auf, und nun ging ich, beinahe mit durchgedrückten

Knien, Stufe für Stufe und immer darauf achtend, daß kein Geräusch entstand, die Treppe ins Parterre hinunter, wunderte mich, wie rasch es mir gelang, die schwere Eingangstür, und ohne daß sie in den Angeln quietschte, einen Spalt breit zu öffnen. Ein kurzes Zögern, ein rasches Abtasten des schmalen Rahmens, ich hatte keine Mühe durchzukommen, und als ich den Ausgang hinter mir hatte, als ich endlich auf dem Kiesweg und vor dem schmiedeeisernen Tor war, das auf die Straße hinausführte, atmete ich erleichtert auf.

›Wie schäbig‹, dachte ich, ›ihn ohne ein Wort der Erklärung allein zu lassen. Andererseits, wer weiß, was uns erwartet, wenn wir an diesem Leben allzulange hängen.‹

Am Tag darauf fuhr ich in die Wiener Innenstadt. Ich besuchte einige Buchhandlungen, fand einen Bildband über Schnitzler. Hier war auf Glanzpapier alles notiert, was ich wissen wollte. Nirgends ein Hinweis darauf, daß er jemals öffentlich mit einer Kippa gesehen worden war. Ich zog mich in eine Ecke zurück, blätterte in dem Band hin und her.

Es war alles, wie ich es täglich erlebt hatte: In unmittelbarer Nähe der Mauer, die das Grundstück zur Straße hin abgrenzte, stand eine üppige, sich nach oben hin verjüngende Magnolie. Die Hecke, vielleicht aus Weißdorn, ich konnte es nicht erkennen, war unregelmäßig gepflanzt. Im Innern hatte man offenbar das Klavier verrückt. Auf dem Foto stand es frei in einem der vorderen Zimmer, jetzt war es in der Enge der Bibliothek untergebracht. Man sah Schnitzler auf dem Steg im Gmundener Strandbad oder auf seiner Chaiselongue sitzend. Auch spazierte er, die Arme im Rücken verschränkt, auf dem Kiesweg, dann folgte abrupt das letzte Bild, wo man ihn aus dem Haus trug.

›Es muß Ende Oktober sein‹, dachte ich und deckte mit der Hand rasch, um es ja nicht lesen zu müssen, das Datum seines Todes ab.

Die Mauer im Hof

1

Fiebach war beunruhigt. Gegen Morgen waren Handwerker gekommen, offenbar Maurer, und sie hatten im Hof Gerüste aufgestellt. Eigentlich nichts Erwähnenswertes, nichts, womit man Häuserwände hätte einkleiden können, aber eben Gerüste. Es waren mehrere Böcke, kaum schulterhoch, und Bretter, auch Schaufeln, Eimer und irgendwelche Schnüre, die achtlos mit dazugeworfen wurden. Dies wäre noch kein Grund zur Unruhe gewesen, und man hätte die Gerätschaften im Regen stehen lassen und vergessen können, wenn nicht am nächsten Tag ein Haufen grober Sand und weiße, ja schneeweiße, fabrikneue Steine herbeigeschafft worden wären, dazu eine Zementmischmaschine, und so war Fiebach allerdings gezwungen, auf den Balkon hinauszutreten.

Der Balkon war ein durch Eisenträger abgestützter Betonboden, keine zweieinhalb Meter im Quadrat und mit einem rostigen Gitter versehen, über das man sich hinauslehnen konnte. Es war eine Art freischwebender Käfig, direkt über dem

Hof und darüber war schon der Himmel, so hoch hinaus wohnte Fiebach in diesem Mietshaus. Das Mietshaus war hundert Jahre alt. Es hatte hohe Fenster, hier und da Reste von Stuck, und da waren die roten, manchmal ins Gelbliche hinüberspielenden Ziegel, die sich unter dem erneuerten Putz hervorarbeiteten und die im Hof, dort, wo sie die Erde berührten, mit feinem Moos überzogen waren. Oder waren es die Pappeln und Birken, die darin aufragten, so daß dort unten, weil sie die Sonne abhielten, alles irgendwie schattig blieb, bis hin zur Mauer, die den Hof mehrfach unterteilte und die man vor kurzem erst mit Efeu bepflanzt hatte.

»Sie bessern die Mauer aus!«

»Ja, warum sollen sie nicht.«

Ein rascher Wink, Fiebachs Frau trat auf die Plattform hinaus und sah über seine Schulter hinweg in die Tiefe, dorthin, wo die Handwerker anfingen, Schnüre über die Mauer zu ziehen. Sie begann zu bröckeln, hatte Teile ihrer äußeren Ziegel verloren. Vertrocknete Vogelnester waren in ihrem Inneren zu sehen, und der Mörtel, weiß vor Alter, lag wie Staub in den Bruchstellen, aber nie, nie hatte Fiebach jemanden sagen hören, daß die Mauer in Gefahr gewesen wäre einzustürzen.

Seine Frau verstand nicht, worauf er hinauswollte. Sie verließ den Balkon wieder, aber er, außerstande, ihr zu folgen, wollte immer nur wissen, ob jene da unten, ob die Maurer es wagen würden, wirklich Hand anzulegen.

›Es ist ja auch so‹, dachte Fiebach, ›nicht nur, daß dort nachts Katzen aufeinander einschlagen oder daß Tauben auf den losen Steinen herumbalancieren, man kann von der Mauer her, wenn ein leichter Wind geht, der sich im Hof verfängt, eine Folge von Tönen hören, beinahe, als würde jemand auf einer großen Flasche blasen.‹

2

»Was ist dein Problem?« fragte Edith, die sah, wie zögerlich Fiebach war und daß ihn die Vorgänge auf dem Hof irritierten.

Fiebach winkte ab, und den Rest des Tages war er mit seinem Feature beschäftigt, blätterte in diesem und jenem Nachschlagewerk über die Erfindung und Entwicklung der elektrischen Glühbirne. Edith sah ihm durch den Türspalt zu, sah, wie vorsichtig er mit Bleistift und Lineal in den geliehenen Büchern seine Zeichen setzte: Feine, kaum sichtbare, senkrechte Striche am rechten Rand, die er, wenn die Durchsicht beendet war, mit einem Gummi wieder ausradierte. Er behielt, was ihm wichtig war, im Gedächtnis und schrieb drauflos. Dies war für Edith selbstverständlich, und sie wunderte sich, daß Tage später die Diskette für den Computer immer noch unbenutzt herumlag.

Fiebach zeigte, wie um sich zu entschuldigen, in Richtung auf den Hof. Man hörte den Zementmischer rattern. Er nahm seinen Mantel auf, warf ihn über die linke Schulter und im Treppenhaus mußte er vor dem Hauswart zur Seite treten.

»Ist es nötig, die Mauer im Hof auszubessern«, sagte Fiebach, spürte, wie distanziert die Frage ausgefallen war, und der andere, der beide Hände auf das Geländer legte, lächelte. Offenbar war er bereit, mit Fiebach, falls er es wünschte, darüber zu reden.

Der Mann hatte Mühe durchzuatmen. Fettleibig, aus leutselig blinzelnden Augen sah er Fiebach an, und je länger dies ging, desto unmöglicher wurde es Fiebach, das Gespräch, das der andere erwartete, auch wirklich zu beginnen. Er bemerkte, daß der Hauswart eine Trachtenjacke trug, am Hals baumelte eine Trillerpfeife.

›Ja, geht er etwa auf die Jagd‹, dachte er, murmelte etwas Unverständliches, versuchte höflich zu erscheinen, während er sich, mit dem Rücken zur Wand, an dem Hauswart vorbeidrückte.

Er überquerte den Hof, ging zur Mauer, dorthin, wo man sie der Länge nach aufgerissen hatte. Den Schutt, der dabei entstanden war, hatte man weggeräumt. Stattdessen wurde alles mit scharfkantigen, quadratähnlichen Steinen neu aufgeschichtet: Der Mörtel, dünn aufgetragen, war kaum zu erkennen, und als wäre dies nicht akkurat genug, lotete man die Mauer waagerecht und senkrecht genau aus.

Fiebach trat näher heran. Rasch und als müsse er sich vergewissern, daß ihn niemand sah, bückte er sich, um das Gerüst zu überwinden, und nun hatte er eine trichterähnliche Vertiefung vor Augen, sah, daß sie einen Viertelmeter groß und beinahe kreisrund war. Er versuchte, ein Stück weit ins Innere zu fassen.

»Könnte man nicht alles lassen, wie es ist?« fragte er, spürte, daß man ihn unbeachtet ließ und daß die Maurer, denen er im Wege stand, mit nassen Eimern seine Hosenbeine streiften.

Dies geschah am Vormittag. Am Abend stand Fiebach wieder auf dem Balkon. Ein leichter Wind schüttelte die Pappeln, auch schlug irgendwo ein Fenster, und von links her bemerkte Fiebach ein schwaches, bläuliches Flackern. Der

Hauswart saß vor dem Fernsehapparat, unübersehbar sein Schattenriß, der im Zimmer hin- und herschaukelte, und von unten her, aus der Nähe der Mauer, von dort, wo sich neben dem Zementmischer die leergespülten Eimer stapelten, roch es säuerlich.

Fiebach beugte sich über das Geländer, sah auf die Vertiefung, und er erschrak, als in der Küche das elektrische Licht aufflammte. Edith rief seinen Namen. Er schloß, da er nicht wollte, daß sie zu ihm ins Freie hinaustrat, die Balkontür in seinem Rücken, und als Edith auf der Schwelle zum Zimmer stand, ging er ihr, und mit einer Handbewegung, die ärgerlich gemeint war, die wenigen Schritte entgegen.

3

»Sie hatten sich neulich beschwert«, sagte der Hauswart, »daß im Hof die Maurer beschäftigt sind. Der Eigentümer will Ordnung schaffen. Und der Efeu, den ich angepflanzt habe, ist auch schon heruntergerissen.«

Er streichelte den Dalmatiner, der sich zu seinen Füßen geduckt hatte, und er verstand nicht, warum Fiebach in seinem Stuhl so unbequem und wie abgerückt dasaß. Fiebach begann zu reden. Er erläuterte die Vorzüge verschiedener Hunderassen, besonders den Terrier schien er zu schätzen, und er meinte, der Dalmatiner sei doch, bei aller Schlankheit, immer etwas blaß und am Bauch beinahe unappetitlich rosa, und die Punkte, sagte er, die schwarzen Punkte würden die Sache auch nicht bessern.

»Machen Sie sich keine Sorgen«, sagte der Hauswart, »ich habe das Tier immer an der Leine, und bis jetzt«, versicherte er, »hat sich noch niemand beschwert.«

Er erhob sich, ging zum Schrank, und nun hatte Fiebach ein Glas in der Hand und mußte von dem Treber kosten, den der Hauswart, worauf er stolz war, eigenhändig destilliert hatte.

»Es ist ein Jammer, daß sie die Mauer verputzen«, sagte Fiebach. »Es ist ja auch so, man kann von den Löchern her, wenn ein leichter Wind geht, der sich im Hof verfängt, eine Folge von Tönen hören.«

»Als würde jemand auf einer großen Flasche blasen. Da haben Sie ein feines Ohr«, sagte der Hauswart und blinzelte ihm zu. »Ich hatte geglaubt, dies könne man nur hier unten, aus unmittelbarer Nähe hören.«

Der Dalmatiner erhob sich, streckte die Vorderpfoten, wobei er Fiebachs Schuhe berührte, weit von sich, gähnte und fiel, der Körper zitterte vor Anstrengung, wieder in sich zusammen.

»Neulich«, sagte der Hauswart, »war ich auf der Jagd. Wir haben einen Keiler angeschossen. Es dauerte zwei Tage, bis wir ihn im Gebüsch gefunden haben«, und er verriet, daß dem Dalmatiner bei diesem Abenteuer beinahe die linke Seite aufgerissen worden wäre.

Fiebach folgte dem Wink seiner Hand, sah, daß das Fell des Dalmatiners an mehreren Stellen geschoren war, und er wunderte sich über das knallgelbe Hemd, das der Hauswart trug, und daß er nicht, was doch besser zu seinen Ausführungen gepaßt hätte, in der Trachtenjacke vor ihm saß.

»Ich danke Ihnen«, sagte Fiebach, trank sein Glas leer, erhob sich, und als er an der Tür war, sah er sich nochmals um, grüßte mit einem Anflug von Respekt.

Im Hof stolperte er über irgendwelche Eisenstangen, und auf der Treppe zu seiner Wohnung nahm er, vielleicht weil er erregt war, zwei Stufen auf einmal.

»Du gehst neuerdings zum Hauswart?« fragte Edith.

Fiebach legte die Sicherheitskette vor und irgendwie hatte er Mühe, Ediths Ton zu ertragen.

Obwohl… War er dem Hauswart nicht immer aus dem Weg gegangen, und war man sich nicht einig darüber, daß dieser grobe, schwitzige Mann eine unangenehme Erscheinung war? Warum also saß Fiebach plötzlich mit ihm an einem Tisch, trank Treber und tauschte Erinnerungen an die alte Mauer aus? Und überhaupt, diese Mauer! Wie sollte Edith Verständnis dafür aufbringen, daß Fiebach, kaum daß er sein Arbeitszimmer betreten hatte, wieder auf die Balkontür zuging.

»Laß das doch einmal sein«, sagte sie. »Irgendwann mußt du dich damit abfinden, daß auf dem Hof gebaut wird.«

Den Rest des Tages verkroch sich Fiebach in dem Sessel vor der Bücherwand, blätterte in einer illustrierten Geschichte über die Ausrottung der Inkas, und Edith bemerkte sehr wohl, wie absichtsvoll seine Zurückgezogenheit gemeint war. Von der Küche her roch es nach Kohlroulade, ein Gericht, das Fiebach besonders mochte, das aber schon eine halbe Stunde über der Zeit auf der Gasflamme stand. Edith hatte Teller und Besteck bereitgestellt, wußte nicht, wo sie den Tisch decken sollte und ob es heute überhaupt zu einem gemeinsamen Essen kommen würde.

»Ich gehe jetzt«, sagte sie. »Wenn du Hunger hast, es steht alles auf dem Herd.« Und irgendwann, sie zog ihren Mantel an, kramte noch eine Weile in der Handtasche, klappte die Wohnungstür hinter ihr zu. Bis es dunkel wurde, blieb in der Bibliothek alles wie es war. Fiebach bewegte sich nicht, blätterte kaum noch in dem Buch, und der Geruch von der Küche her schien allmählich nachzulassen. Im Flur brannte die Lampe. Sie verbreitete einen orangefarbenen Schein, der klar umgrenzt war, und doch konnte man darüber hinaus in dem Zimmer, in dem Fiebach saß, alles in einem diffusen, von dem Schirm der Lampe abgeschwächten Licht erkennen.

Er erhob sich, ging in die Küche, sah sich um, sah die Teller und Bestecke, die Edith bereitgestellt hatte. Er nahm den Deckel vom Kochtopf: Die Rouladen waren kalt, über der Soße hatte sich weißes Fett abgesetzt, ein Anblick, vor dem er sich ekelte, so daß er die Küche wieder verließ. Im Arbeitszimmer zog er das Jackett aus, drehte den Kopf im Nacken hin und her.

›Irgendwann‹, dachte er, ›muß ich die Verspannung loswerden.‹

Auch bemerkte er, daß er, obwohl er vor der Balkontür stand, zögerte, die Klinke herunterzudrücken. Sicher, er war in letzter Zeit zu oft auf den Balkon hinausgetreten, aber sollte er dies jetzt unterlassen, weil Edith es albern gefunden hatte?

Er öffnete die Tür, trat auf die Plattform hinaus, eine beißendkalte Luft schlug ihm entgegen, und wieder sah er in den Hof, sah, daß man die Vertiefung in der Mauer immer noch nicht geschlossen hatte.

»Sieh einer an«, murmelte Fiebach, und da er der Kälte hemdsärmlig nicht gewachsen war, ging er ins Zimmer zurück, um sich das Jackett zu holen.

4

Edith traute ihren Augen nicht, als sie am nächsten Tag das Berliner Zimmer betrat und sah, daß das Regal zur Seite geräumt worden war. Die herausgenommenen Bücher waren an der Wand gestapelt, und auf der hellen Tapete, die nun sichtbar wurde, hing ein schmaler, zurechtgeschnittener, mit der Maschine bedruckter Papierstreifen, der auf eine Glasplatte geklebt war.

»Nur die Liebe soll richten«, las Edith.

»Wenn es dich stört«, sagte Fiebach, der mithinzugetreten war, »nehme ich das Ganze wieder weg. Es gefiel mir, das Zimmer einmal umzuräumen. Was sagst du dazu«, meinte er, beugte sich nach vorn, um mit dem Fingernagel die Leimreste auf dem Glas wegzukratzen. Dann strich er, als müsse er eine Luftblase beseitigen, mit dem Daumen über den Papierstreifen.

»Ein berühmter Spruch, ich habe vergessen, von wem«, sagte er, und sein Auflachen und daß er nochmals beteuerte, er würde, falls Edith dies wünschte, das Regal zurückräumen, stimmte sie versöhnlicher.

»Ja, räum es zurück.«

Nach einer Woche, man erwähnte die Sache nicht mehr, standen Regal und Bücher immer noch in der gleichen Unordnung da, aber Fiebach hatte sein Feature beendet.

»Immerhin etwas«, sagte er und rieb sich die Hände. Er war guter Laune, wie lange nicht mehr. Es war Mitte März, das Wetter ungewöhnlich warm. »Hättest du Lust, auf dem Balkon zu frühstücken?« fragte er und war schon dabei, den kleinen Tisch und zwei Stühle über den Betonboden zu rücken.

Edith brühte Kaffee auf, und nun saßen sie unter freiem Himmel und sahen, wie lichtüberflutet der Hof war und daß die Knospen an den Pappeln klebrig wurden.

»In drei Wochen ist hier alles voller Blüten«, sagte Fiebach.

Edith hielt den Kaffeelöffel, was merkwürdig

wirkte, mit der linken Faust umklammert, unübersehbar ihr starkes, blondes Haar und ihre mit einem schwarzen Stift ummalten Augen.

›Sie sollte sich weniger schminken‹, dachte Fiebach.

Ein leichter Wind kam auf, strich, da der Hof, wenn auch weitläufig, so doch von allen Seiten eingeschlossen war, zunächst über die Dächer, fiel dann, und indem er zu wirbeln begann, in die Tiefe. Ein plötzliches Zittern der Pappeln und Birken, welkes Laub wurde vom Boden gerissen. Und da war noch etwas, etwas, auf das Fiebach offensichtlich gewartet hatte.

»Hörst du?« fragte er und neigte den Oberkörper zur Seite. »Hörst du das?« wiederholte er beinahe triumphierend.

Edith hielt unwillkürlich den Atem an. Sicher, da war der Wind und auch das Rascheln der Blätter konnte sie deutlich hören, und je länger dies dauerte, desto unsicherer wurde sie, wie sie sich Fiebach gegenüber, er war aufgestanden und sah in die Tiefe, verhalten sollte. Sie folgte seinen Blicken, entdeckte den Hauswart. Er lehnte am offenen Fenster seiner Wohnung, hielt sich, wie Fiebach, unbeweglich, und auch er schien, obwohl er ihnen den Rücken zuwandte, auf etwas zu achten.

»Es braucht feine Ohren, um hinter gewisse Sachen zu kommen«, sagte Fiebach.

Dabei wies er mit dem Finger in Richtung auf die Mauer, und er ärgerte sich über den verständnislosen Blick, den Edith ihm zuwarf, die nicht wußte, wovon er sprach.

Keine Stunde später saß er wieder beim Hauswart. Der Dalmatiner kam aus dem Nebenzimmer, machte Ansätze, an Fiebachs Knie zu schnuppern, der versucht war, das Tier zu streicheln. So hatten sich die Dinge also entwickelt, daß Fiebach, als wäre er ein gerngesehener Gast, von dem Hund angenommen wurde. Und blinzelte ihm nicht der Hauswart, wie beim ersten Mal schon, zu, und herrschte nicht dasselbe Schweigen, das wie ein Einverständnis wirkte?

»Übrigens, die Mauer ist akkurat erneuert. Nur ein Schlupfloch haben sie übriggelassen«, sagte Fiebach, machte eine schlängelnde Bewegung mit der Hand, als müsse er seine Bemerkung anschaulich machen. Der Hauswart ging zum Schrank, um den gebrannten Treber zu holen.

Ein Schlupfloch!

Fiebach sah, wie dickflüssig, beinahe ölig der Treber wirkte und wie vorsichtig und mit welch ruhiger Hand der Hauswart darauf achtete, daß die Gläser nicht über ein gewisses Maß hinaus gefüllt wurden. Sie waren kaum dreiviertelvoll und es roch streng, als Fiebach das Glas an die Lippen setzte.

»Prost!«

Ein rasches Kippen, ein kräftiger Schluck, schon hatte der Hauswart die Flasche in den Schrank zurückgestellt, und als Fiebach wieder im Hof war, spürte er ein leichtes Kreisen in seinem Kopf. ›Unmöglich‹, dachte er, ›ich habe nichts weiter als diesen Fusel getrunken.‹

5

In der folgenden Nacht gab es noch einmal Grund zur Unruhe. Edith ging, nachdem sie ein Beruhigungsmittel eingenommen hatte, früh zu Bett, und irgendwann, sie hatte das Fenster offengelassen, hörte sie vom Hof her ein Geräusch. Es war, als würde jemand über eine Eisenstange stolpern. ›Was sollte es sonst sein‹, dachte Edith, versuchte wieder zu schlafen, aber nun wurden Bretter hin- und hergeschoben, und als sie am Fenster stand und in den Hof sah, bemerkte sie, wie jemand auf dem Gerüst vor der Mauer balancierte. Offenbar wollte er irgendwohin gelangen, wohin, dies konnte Edith nicht erkennen. Ein helles Hemd schimmerte auf, und nun stieg er über liegengelassene Ziegel hinweg, verschwand hinter dem Baugerüst, um gebückt wieder daraus hervorzukommen. Edith hatte das Gefühl, es wäre ratsam, der Sache auf den Grund zu gehen, aber als sie für einen Augenblick wegsah, sie suchte nach dem Lichtschalter, hatte sich plötzlich alles erledigt. Da war niemand mehr, weder auf dem Gerüst, noch zwischen den Ziegeln. Sie beugte sich hinaus, um sicher zu sein: Absolute Stille im Hof und die Dunkelheit war derart, daß sie sich wunderte, überhaupt etwas erkannt zu haben.

Gegen Morgen, nachdem sie endlich eingeschlafen war, bauten die Maurer das Gerüst ab, warfen Bretter auf einen Karren, der Zementmischer wurde auf die Straße geschoben, und nachdem man das Gras saubergeharkt und die Steinplatten am Haus gefegt hatte, schleppte man noch einmal einen Bock herbei, um dem Maurer, der sich vor dem Loch in der Mauer zu schaffen machte, etwas mehr Halt zu geben. Auf Zehenspitzen stand er da, konnte jetzt die Kelle mit dem Mörtel besser halten, während er mit der anderen Hand nach den Steinen griff, die man ihm reichte. Vier, fünf energische Bewegungen und immer wieder Mörtel, zuletzt ein rasches, fast flüchtiges Glattstreichen der Fugen, dann war die Mauer makellos geschlossen, und sogar den Efeu, der heruntergerissen worden war, hatte man an Stöcke gebunden und hochgezogen.

6

Zwei Tage später bestand Fiebach darauf, Ediths Geburtstag zu feiern. Er hatte kalte Platten in einem Delikateßladen bestellt, schleppte Weinflaschen herbei, während die Gäste, darunter auch Edith, am gedeckten Tisch warten mußten. Er wollte es so haben, spielte, die Schürze umgebunden, einmal den Koch, dann den Kellner. Man lachte über die Art, wie er, die Hüften schwenkend, eine Hand erhoben, die Teller mit dem Schinken balancierte. Beim Essen äußerte er sich ausführlich über die Entwicklung der elektrischen Glühbirne. Er beschrieb, wie man seit Edison darum bemüht gewesen war, dem Vakuum hinter dem Glas ein besonderes Design zu geben. Meist, versicherte er, sei alles auf gefällige Weise rund gewesen, oft länglich oder in sich verschlungen, auch im Zickzack hätte man versucht, mehr Licht zu verbreiten, und was das Beste wäre: Man könne ein Feature darüber schreiben, um dieses Essen hier zu bezahlen.

Er schlug vor Vergnügen mit der flachen Hand auf den Tisch, verteilte aus einer großen Flasche Grappa, wobei er übermütig kichernd und mit hängenden Schultern um den Tisch tänzelte. Er umarmte seine Frau.

Gegen drei Uhr, alle waren müde und grau im Gesicht, führte Fiebach die Gäste mit lautem Hallo durchs Treppenhaus, und als die letzten gegangen waren, hatte der Unermüdliche wieder die Schürze um, ließ es sich nicht nehmen, das Geschirr und die Gläser abzuwaschen. Edith war schon im Bad, als er die Tischdecke zusammenlegte, die Stühle auf die Zimmer zurückverteilte, und die morgendliche Kühle, die durch die Fenster, die er geöffnet hatte, eindrang, machte die verrauchte Luft erträglicher.

Wann Edith ins Schlafzimmer ging, wußte er nicht zu sagen. Er wußte nur, daß sie nicht mehr antwortete, als er sie ansprach und daß sie ihre nackten, weißen Arme aus der Bettdecke gezogen hatte, der linke lag seitwärts auf dem Laken, der rechte über das Kopfkissen hin ausgestreckt, und sie atmete tief und ruhig. Fiebach versuchte, während er auf Edith sah, die Pyjamajacke zu schließen. Ein Knopf fehlte, er nestelte wie sinnlos an dem gerissenen Faden, und irgendwann geschah etwas Unerwartetes. Fiebach drehte sich um, griff mit beiden Händen nach der schweren, aus Marmorplatten zusammengesetzten Uhr, die auf der Kommode stand. Ein Krachen, ein Bersten, das Splittern von Glas über Ediths Kopf, das merkwürdig lange anhielt, bis die Uhr endlich über die Kante des Bettgestells hinweg mit einem dumpfen Schlag auf dem Teppichboden landete.

7

»Schön, daß auch Sie einmal da sind«, sagte der Hauswart, und seine Stimme war angenehm und freundlich.

Rechts neben ihm flimmerte der Fernsehapparat, den er leise gedreht hatte, wohl in der Annahme, Edith würde sich erklären und wieder gehen. Aber es kam weder ein Wunsch, noch eine Beschwerde, die der Hauswart an den Vermieter hätte weiterleiten können.

Ein Pflaster überdeckte kreuzweise Ediths linke Augenbraue, und gegen die Schläfe hin sah man, daß die Haut abgeschürft war. Es war eine feine, leicht gerötete Linie, vielleicht vom zersplitterten Glas gezeichnet, und sie fuhr mit dem Zeigefinger immer wieder darüber hin. Sie hatte die Beine übereinandergeschlagen, beschränkte sich auf die äußerste Kante des Stuhls und gab so einen Anblick, als müsse sie jederzeit wieder gehen und als sei ihr Auftauchen, ja was wollte sie bei dem Hauswart, ein Irrtum. Dann aber, vielleicht weil der Dalmatiner treuherzig zwischen ihren Schuhen lag und zu ihr aufblickte oder weil der Hauswart ihr Pflaster und die verletzte Stirn musterte, begann Edith zu reden. Nicht darüber, daß Fiebach sie im Schlaf überfallen und die schwere Uhr nach ihr geworfen hatte, auch nicht, daß die Marmorplatten gesprungen und das kostbare Stück damit wertlos geworden war, nein:

»Ich komme wegen der Mauer«, sagte sie. »Seit man sie ausgebessert hat, tritt mein Mann ständig auf den Balkon hinaus. Es hat schon Streit zwischen uns gegeben. Und was ich nicht glauben kann: Er behauptet, man könne von der Mauer her, wenn ein leichter Wind geht, der sich im Hof verfängt, eine Folge von Tönen hören.«

»Das kann ich bestätigen«, sagte der Hauswart, der sich erhob und das Fenster öffnete. »Jetzt haben sie das Loch geschlossen«, sagte er, »aber glauben Sie mir, früher, wenn es erst einmal anfing, konnte man nachts nicht schlafen.«

Beide sahen hinaus, bemerkten, wie ruhig es auf dem Hof war und daß das Rauschen des Verkehrs, das durch die Häuserwände abgedrängt wurde, daran nichts änderte.

»Mein Mann ist schweigsam geworden«, sagte Edith. »Wenn ich nur wüßte, was ihn beschäftigt. Vielleicht können Sie mir helfen. Ich habe von der Balkontür aus beobachtet, daß Sie mit ihm zusammensitzen.«

»Seit kurzem nicht mehr«, sagte der Hauswart, setzte sich in den Sessel zurück, ließ die Arme baumeln. »Seit kurzem nicht mehr«, wiederholte er, und nun sah er Edith, was unverkennbar war, aus nachdenklichen Augen an.

Der Himmel über Golgatha

Gegen Mittag war Hans-Peter Ludwig mit dem Flugzeug in Tel Aviv gelandet, Stunden später hatte er eine von Mauern umstandene Pension bezogen, die ihm bei seiner Ankunft in Jerusalem von einem Araber angepriesen worden war. Jenseits der Mauern, aber auch auf der Straße, die von dem einstöckigen Haus abgeschirmt wurde, war ein ununterbrochener Lärm im Gange, als wäre da eine Menschenmenge in äußerster Erregung, und auf seine Frage, wie man von hier aus am schnellsten auf die Hügel der Stadt und vielleicht sogar bis Golgatha gelangen könnte, zeigte man in Richtung Westen. Am nächsten Tag war ihm ein Franziskaner behilflich, der eine Gruppe zur Kapelle der fränkischen Könige führte. Man durchschritt ein Vestibül, und nachdem man eine Treppe zur Rechten, die nach oben führte, hinter sich gelassen hatte, war man, wie der Franziskaner versicherte, auf der Anhöhe von Golgatha.

›Golgatha‹, dachte Hans-Peter Ludwig, sah nach oben, sah, daß ein kreisrundes Loch, oder war es ein Fenster, ins Freie führte. Man sah einen diesigen, von Hitzeschleiern verwaschenen Lichtschein. ›Aber wo ist der Himmel‹, dachte Hans-Peter Ludwig, musterte den Fremdenführer, der, als hätte er die Enttäuschung geahnt und als müßte er auf der Stelle beschwichtigend eingreifen, beide Hände hob.

»Warten Sie«, rief er. Aber ehe er sich erklären konnte, ehe es ihm gelang, die Beschwerde, die er erwartete, abzuwehren, hatte sich alles erledigt. Hans-Peter Ludwig fand sich, wie er es wünschte, im Freien wieder. Er hing am Kreuz, und das erste, was er hörte, war jene Stimme der Mimi aus der Oper des Puccini, die er so liebte, jenes Duett: »Vuoi che aspettiam la primavera ancor.«

›Es steigt geradezu in den Himmel auf‹, dachte er, und nun sah er über sich jenes flirrende, nahezu unbegrenzte Blau und daß die weißen Felsen und die Zypressen, die hier und dort als Gruppe eingestreut waren, einen Kontrast bildeten. ›Alles karg hier‹, dachte er, wunderte sich, daß kein einziger Vogel in der Nähe war, nur ein Adler, oder war es ein Geier, zog in der Ferne, dort, wo die Höhenzüge begannen, immer wieder seinen Kreis. Trotzdem: »Esce dai nidi un cinguettio gentile.«

Er hatte einen Walkman bei sich, spielte immer dieselbe Kassette ab. Es war eine Aufnahme des

Maggio Musicale Fiorentino unter der Leitung eines Antonino Votto, und wie er sich an dem Kreuz hielt, wußte Hans-Peter Ludwig nicht zu sagen. Er wußte nur, daß er den linken Arm frei bewegen konnte, daß es ihm aber nicht gelang, in die Hosentasche zu fassen, um die Batterien, die schwächer wurden, auszuwechseln, und als der Walkman mit einem Piepton zusammenbrach, war er schon abgelenkt. Er sah, daß sich der Himmel veränderte. Zunächst wölbte sich von der Ebene her, die er im Rücken hatte, so etwas wie ein Schatten auf, der so weit reichte, daß die Sonne, die eben noch alles in ein gleißendes Licht getaucht hatte, wie zu einem Scheinwerfer eingezogen wurde. Er selbst war schon im Halbdunkel, aber der Hügel zu seinen Füßen und das Gebirge, über dem der Vogel kreiste, waren beleuchtet wie auf dem Theater. Ein kühler Wind kam auf.

›Kein Grund zur Unruhe. Es will Abend werden‹, dachte Hans-Peter Ludwig, und er beschloß herabzusteigen, da er nur Hemd und Hose anhatte. Er ruderte mit dem linken Arm, auch die Knie, so schien es ihm jedenfalls, konnte er frei bewegen, aber er kam von dem Balken nicht los und dies ermüdete ihn, und da sich der Schatten verkürzte und die Sonne an Kraft wieder zunahm, verfiel er in Gedanken.

Zunächst dachte er daran, daß er in dieser Gegend nicht lange bleiben wollte. Er wollte weiter nach Norden, zur anatolischen Küste hinauf, um dann, wer weiß, mit einer Fähre nach Griechenland und zuletzt nach Agrigent zu fahren.

›Agrigent, was will ich eigentlich in Agrigent‹, dachte Hans-Peter Ludwig, und er versuchte herauszufinden, ob es der Konvent der Flagellanten war, den er in der Ferne zu sehen glaubte, oder der Ecce-homo-Bogen. Dort hatte man ihm Devotionalien angeboten und er hatte Mühe gehabt, die aufdringlichen Gesten der Händler abzuwehren.

Der Walkman machte sich wieder bemerkbar, sei es, daß er, da er lose herumbaumelte, gegen das Holz geschlagen war, oder weil Hans-Peter Ludwig unbewußt die Taste berührt hatte. Für Sekunden hatten sich die Batterien erholt, und so hörte er, wie die sterbende Mimi sich für den Muff bedankte und das Aufschluchzen der Musetta und daß vor der Frage des Rodolfo nach dem Arzt eine unverhoffte Stille war.

Über dem Gebirge war der Vogel verschwunden. Oder hatte er den Kreis verlassen und flog in einem Winkel, den Hans-Peter Ludwig, da er den Kopf unbeweglich hielt, nicht einsehen konnte, in Richtung auf die Stadt zu? Kein Licht weit und breit. Hans-Peter Ludwig sah, daß die Dämmerung nicht mehr aufzuhalten war und daß sich der Rest Helligkeit, der bis zuletzt die Ebene beherrscht hatte, zum Horizont zurückzog.

›Geduld‹, dachte er, ›man wird mich rechtzeitig herunterholen.‹ Aber nichts geschah, und jetzt erst bemerkte er, wie hoch der Hügel war, auf dem er sich befand, und er fühlte sich auf unangemessene Weise zur Schau gestellt. Hinzu kam, daß ihn das Holz, das er im Nacken hatte, zu drücken begann. Er versuchte, mit der linken Hand danach zu fassen. Es gelang ihm nicht, und nun zog er mit aller Kraft an der Schlinge, die seinen rechten Arm hielt. Ein kräftiges Anreißen der Knie, zuletzt ein Ruck, den er bis in die Magengrube spürte, dann war er plötzlich frei und fiel zu Boden.

Als er die Utensilien, die ihm aus den Taschen gerutscht waren, einsammelte, bemerkte er die Ansichtskarte, die er an seine Freundin adressiert, aber aus irgendeinem Grund nicht in den Postkasten geworfen hatte.

»Friederike«, las er, »Du solltest den Staub sehen, der hier überall aufgewirbelt wird. Und vielleicht findest Du doch noch Zeit, mich in Sizilien zu treffen.«

Diese Nachricht schien ihm jetzt zu nüchtern. Er hätte, wie er meinte, ein herzliches Wort mithinzufügen sollen, und da die Karte zerknüllt war, versuchte er, sie mit dem Handballen zu glätten. Er sah sich um, sah immer noch kein Licht weit und breit oder ein Anzeichen, unter dem er Jerusalem hätte vermuten dürfen, und wieder war es der Himmel, der ihn ablenkte, jener mondlose Himmel, den die untergegangene Sonne noch nicht völlig losgelassen hatte. Gleichsam, als wäre er von einem hellen Blau, das rasch nachgab, unterfüttert, funkelten ihm die ersten Sterne entgegen. Es war, als hätte man mehrere durchsichtige Folien übereinandergelegt, glasklar und über die Maßen künstlich, so daß er versucht war, die alte Höhe zurückzugewinnen.

›Von dort aus konnte man alles besser bei sich behalten‹, dachte Hans-Peter Ludwig, und augenblicklich überkam ihn ein Gefühl des Bedauerns.

Eine Weile noch sah er dem Himmel zu, der allmählich jede Farbe verlor, und die Sternhaufen, die hervortraten, konnten die Sache auch nicht bessern. Der Wind hatte sich gelegt, und Hans-Peter Ludwig begann die Batterien in dem Walkman auszuwechseln. Als er die Hülle mit einem Klappton wieder schloß, als er die Kopfhörer, kaum pfenniggroß, in die Ohrmuscheln klemmte, dachte er: ›Es lohnt nicht, sie ist schon gestorben‹, und also ließ er den Walkman sinken, drehte, so wie es seine Gewohnheit war, mit der linken Hand die Kassette um, ließ aber ansonsten alles unberührt. Er fand keinen Gefallen mehr daran, daß es möglich war, mit einem Druck auf die Taste das Leben und das Sterben der Mimi beliebig oft zu wiederholen. Ein Gefühl von Verdruß überkam ihn, darüber, daß er allein unterwegs war und daß er es nicht geschafft hatte, sich mit seiner Freundin, wie hieß sie, Friederike, rechtzeitig zu einigen. Und daß man wieder über Geld gestritten hatte!

›Es sind Lappalien‹, dachte Hans-Peter Ludwig, ›wenn man nur diesen Himmel über Golgatha nicht aus den Augen läßt.‹

Sicher, es war nicht seine Art, sich besondere Gedanken zu machen, ›und ein Himmel ist wie der andere‹, dachte er. Er wußte auch nicht, warum er immer noch in dieser Gegend war, aber dann, je drängender er spürte, daß er fror und je unbeweglicher sein Nacken wurde... Es war wie ein Sog, er sah immer nur nach oben, und wo er sich eben noch darüber mokiert hatte, daß die Sternhaufen den Himmel nicht aufbessern konnten, war jetzt alles kohlrabenschwarz. Und war da überhaupt noch ein Himmel?

›Aber sicher‹, dachte er, ›von der alten Höhe aus lag er in voller Schönheit vor mir.‹

Er versuchte sich zu konzentrieren. Dies dauerte eine Weile. ›Viel zu lange‹, dachte Hans-Peter Ludwig. Er erhob sich und begann zu suchen.

Zunächst war er sicher, wenn er sich in der Dunkelheit nur gründlich umsah, müßte er das Kreuz, das er verlassen hatte, unmittelbar in seinem Rücken haben. ›Es ist der gleiche Hügel‹, dachte er, ›und hier‹, dachte er und stieß mit dem Fuß ins Leere, ›bin ich eben noch mit den Knien auf einem Felsen gelandet. Und die Schlinge‹, dachte er und begann mit den Händen den Boden abzutasten, ›wenigstens die Schlinge, die ich zerrissen habe, kann mir niemand nehmen.‹

Aber was er auch tat und je ungeduldiger er sich im Kreis bewegte, da war kein Kreuz mehr, auch keine Spur von der Schlinge. ›Dann der nächste Hügel‹, dachte Hans-Peter Ludwig. ›Es kann schließlich sein, daß ich mich in der Richtung geirrt habe‹, und schon war er unterwegs, um sich in dem fußhohen Gestrüpp, in dem er zu stolpern drohte, nach einem anderen Hügel umzusehen. Er spürte, wie besorgt er war, wunderte sich, daß es ihm nicht gelang, für ein, zwei Sekunden stillzustehen, um darüber nachzudenken, wohin er sich in der Dunkelheit, um den nächsten Hügel zu erreichen, hätte bewegen müssen. Er ging querfeldein, achtete lediglich darauf, daß es auf-

und abwärts ging, und nach dem dritten, nein dem vierten Hügel bemerkte er, daß sich der Riemen an seinem Walkman gelöst hatte. Also hielt er ihn, was seine Beweglichkeit einschränkte, mit beiden Händen fest. Er lief weiter, immer nur weiter, meinte er sei, da die nächste Anhöhe besonders steil ausfiel, auf dem richtigen Weg. Aber nun war er in das Dickicht einer Kute geraten, aus der er sich nur noch, indem er auf allen Vieren kroch, befreien konnte.

Es war weit über Mitternacht hinaus. Erschöpft saß er da und mußte sich eingestehen, daß er keine Kraft gehabt hatte, auf dem kürzesten Weg nach Jerusalem zurückzukehren, daß er aber auch keine Gründe geltend machen konnte, warum es ihm so wichtig gewesen war, jenen unbequemen Zustand, in dem er bis zum Überdruß die Aufnahme des Maggio Musicale Fiorentino angehört hatte, wiederzufinden. Er wußte nur, wenn er sich jetzt etwas Schlaf gönnte, würde sich alles bessern und daß er sich, wie auch sonst, auf seinen Hang zur Nüchternheit würde verlassen können.

Er vermied es, den Kopf zu heben. Er wollte nichts sehen, nichts hören. Der Himmel veränderte sich zum letzten Mal. Es war eine feine Linie, die sich plötzlich gegen das Schwarz hin abhob, oder war es ein Kreis, der sofort wieder verschwand, und schließlich war da nur noch ein sich mehrmals wiederholender Ton. Es war, als würde ein Becken angeschlagen, dann wieder, als würde ein Cello unendlich langsam und auf quälende Weise zum Schwingen gebracht und darüber eine Oboe, aber so verhalten und so wenig aus einer Richtung auszumachen... Es war unwahrscheinlich, daß Hans-Peter Ludwig diese Veränderung, auch nicht vom Kreuz aus und auch nicht mit hellwachen Augen, jemals hätte bemerken können.

Hartmut Lange im Diogenes Verlag

Hartmut Lange, 1937 in Berlin-Spandau geboren, studierte an der Filmhochschule Babelsberg Dramaturgie. Er lebt in Berlin und schreibt Dramen, Essays und Prosa. 1998 wurde er mit dem Literaturpreis der Konrad-Adenauer-Stiftung ausgezeichnet.

»Hartmut Lange hat einen festen Platz in der deutschen Literatur der Gegenwart. Dieser Platz ist nicht bei den Lauten, den Grellen, den Geschwätzigen, sondern bei den Nachdenklichen, bei denen, die Themen und Mittel sorgfältig wählen.« *Kieler Nachrichten*

»Die mürbe Eleganz seines Stils sucht in der zeitgenössischen Literatur ihresgleichen.«
Frankfurter Allgemeine Zeitung

»Dieser Autor verdient es, daß man ihn mit ganz besonderer Aufmerksamkeit liest, denn er unterscheidet sich deutlich von lautstarken Trommlern wie Grass oder Böll jenseits des Rheins. Man wird an die Dramen Maeterlincks und Wedekinds erinnert.«
Le Figaro, Paris

Die Waldsteinsonate
Fünf Novellen

Die Selbstverbrennung
Roman

Das Konzert
Novelle

Tagebuch eines Melancholikers
Aufzeichnungen der Monate Dezember 1981 bis November 1982

Die Ermüdung
Novelle

Vom Werden der Vernunft
und andere Stücke fürs Theater

Die Wattwanderung
Novelle

Die Reise nach Triest
Novelle

Die Stechpalme
Novelle

Schnitzlers Würgeengel
Vier Novellen

Der Herr im Café
Drei Erzählungen

Eine andere Form des Glücks
Novelle

Die Bildungsreise
Novelle

Erich Hackl im Diogenes Verlag

»Seine Fähigkeit, aus den zur Meldung geschrumpften Fakten wieder die Wirklichkeit der Ereignisse zu entwickeln, die Präzision und zurückgehaltene Kraft der Sprache lassen an Kleist denken.«
Süddeutsche Zeitung, München

»Mit seinem nüchternen Stil tritt Hackl an die Stelle des Chronisten: er ermittelt, rekonstruiert, beschreibt. Auf ihn trifft García Márquez' Postulat zu, wonach ein Schriftsteller politisch Stellung beziehen, vor allem aber gut schreiben muß.«
Siempre!, Mexiko-Stadt

»Er zählt zur aussterbenden Population der Autoren mit Gesinnung. Und doch drängen seine poetisch-stillen und gleichzeitig politisch hochbrisanten Bücher stets zur Spitze der heimischen Bestsellerliste.«
Dagmar Kaindl/News, Wien

»Berichte aus einer nicht abgeschlossenen Vergangenheit: große zeitgenössische Literatur der Ernsthaftigkeit.« *Christian Seiler/profil, Wien*

Auroras Anlaß
Erzählung

Abschied von Sidonie
Erzählung

Materialien zu Abschied von Sidonie
Herausgegeben von Ursula Baumhauer

König Wamba
Ein Märchen. Mit Zeichnungen von Paul Flora

Sara und Simón
Eine endlose Geschichte

In fester Umarmung
Geschichten und Berichte

Entwurf einer Liebe auf den ersten Blick
Erzählung